韩语状语与汉语得字情态补语和程度补语的对应及关联分析

浙江大学人文学院
博士研究生 林志永

韩语状语

신아사

序

新年伊始，接到林志永发来的来信，得知她即将出版在她的博士学位论文基础上修改而成的专著《韩语状语与汉语“得”字情态补语和程度补语的对应及关联分析》，并请我为她的书写个序。获知这一消息，当然很高兴，她在攻读博士学位期间的辛苦成果终于有了进一步的向学界和社会展示的机会，并以此给相关工作提供具有实践价值的借鉴，这是一件很有意义的事情。说到写序，实不敢当，简单谈点我的体会，权且代序吧。

汉语尤其是现代汉语里，补语是一个很有个性，也很复杂的语法角色，无论在句法上还是在语义等方面，都值得关注，对其研究也确实产生了丰富的研究成果，而且仍然值得有兴趣的学者进行进一步探索。但值得注意的是，这一语法角色，并不是在其他语言系统中都有相对应的成分，在形式或功能上都是如此。仅就韩语而言，表现就很值得注意。我们知道，世界上并不是所有语言都和汉语一样有完全相同的语法成分，比如补语，韩语里就没有在结构形式上完全对应的成分，汉语里的补语总是位于述语(也称谓语)的后面，对述语作程度、数量等的补充说明，如“花开得很漂亮”等，但“很漂亮”这样的成分和功能，在韩语里往往是通过状语来完成的：꽃이 아름답게 피었다(花漂亮地开)。可见，汉语和韩语里的“补语”与“状语”存在着较为复杂的关系，对两种语言中这两个成分的对应关系进行系统比较分析，具有重要的类型学价值，同时，这一研究也对将这种语言作为第二语言的教学有很重要的实践意义。限于篇幅，该书重点选择了汉语补语中的情态补语和程度补语与韩语状语的对应关系做了较为系统和深入的分析。通过大量的事实调查和分析，作者获得了一些很有认识价值的创见，如“不是所有的韩语状语都能看作汉语情态补语，韩语副词型转成词尾‘-게(ge)、-도록(dorok)、-듯이(deut-i)’作为在表现动作的程度或结果时用的状语，与汉语情态补语相对应”，等等，这些结论对于进一步认识这一语言现象提供了有新意的借鉴。

作为一个来华学习汉语的博士留学生，选择这样一个有一定难度的语法论题做研究对象，本身就是颇有勇气的。在浙江大学几年的学习，她勤奋而努力，也确实积累了较为良好的专业基础和分析能力，对这一论题的研究成为她学术生涯开始的第一步，因此，其中也还不免还有稚嫩之处，这也是她今后还可以做进一步深入研究的空间。毕业后她入职韩国的朝鲜大学，从事她喜欢的教学职业，可以有更多的时间更好的条件去研究语言、从事语言教学。我希望，更祝愿，随着岁月的延续，和工作的历练，她一定会在语言研究和教学上取得更多更好的成果。

（浙江大学教授）

二〇二〇年春于中国杭州

中文摘要

属于黏着语的韩语和属于孤立语的汉语之间存在很多语法上的差异,这其中经常让学习者感到困难的部分中的一个就是“补语”这一句法成分及其术语。把汉语补语翻译成韩语中的状语的情况很多,但是相对应的规则并没有一贯化,又不能一般化地把所有现代汉语的补语归纳为与韩语状语具有对应关系,所以韩国学生们在学习汉语含补语的句型时遇到了很多困难。

本论文的目标是归纳韩国学习者在学习汉语的“得”字情态补语和程度补语时,产生错误的类型及其原因。在此基础上,以外国语学习理论中对比分析假设和语法理论中三个平面理论为基础,找到汉语“得”字情态补语和程度补语句子的形式与韩语中相对应的成分及其对应关联关系,为韩国学生学习汉语“得”字情态补语和程度补语句提供方法上的借鉴,提高学习效果和水平。本文的主要内容包括:

第一,综合前人的研究成果,对现代汉语“得”字情态补语和程度补语句子的句法,语义,语用特征进行考察。

第二,描写韩语状语的概念和特征,介绍韩语状语中,具体哪些状语与汉语“得”字情态补语和程度补语相关联。

第三,在以上内容基础上,归纳韩国留学生学习汉语的补语时需要注意的问题,为二语教学提供参考。

本文共为六个部分：

第一章，为本文的绪论部分，主要对本文研究问题的提出及研究目的，对象，语料，方法，本文的研究内容和理论背景(对比分析假设，三个平面理论)进行介绍。

第二章，主要介绍现代汉语“得”字情态补语和程度补语的特征，对汉语“得”字补语的句法，语义，语用方面的考察。对已有的研究成果做概括，分析其得失，并在某些方面提出笔者的看法。

第三章，描写韩语状语的概念及其语法特征。

第四章，以第二，三章中研究结果为基础，了解用在韩语动词前面的状语中哪些状语与汉语“得”字情态补语有关联，寻找出汉语“得”字情态补语与韩语状语的对应规则。

第五章，以第二，三章中研究结果为基础，了解用在韩语动词前面的状语中哪些状语与汉语“得”字程度补语有关联，寻找出汉语“得”字程度补语与韩语状语的对应规则。

第六章，是本文的结论部分。以研究结果为基础，对韩国学习者的汉语“得”字情态补语和程度补语的教学提出简单的意见。

本文通过丰富的材料分析对哪些韩语状语与汉语“得”字情态补语和程度补语有关这一问题做了调查和分析，得到了如下结论：

第一，表现“程度”，“结果”，“状态”意义的韩语状语或者与程度补语对应的程度副词当中表现“量”和“比较”的词语与汉语“得”字情态补语有关。

第二，程度副词或者即便不是程度副词也表现“状态”，“程度”的韩语状语与汉语“得”字程度补语有关。

第三，韩国汉语语法界一般把情态补语和程度补语统称为“程度补语”，这是因为情态补语和程度补语都包含着“程度”的意义，不作进一步的细分。

本论文中得到的结果，不仅可以预测韩国学习者的汉语“得”字补语学习过程，还可以根据各个学习者不同的水平提供与其相应的教学法和学习策略，在此基础上，我们还期望本文的研究为教师提供理想的教学模型，成为他们教学的重要参考资料。

关键词：带“得”字补语，状语，比较分析，三个平面

Abstract

Analysis on relations and correspondence between Korean adverbs and the Chinese “得” state and degree complement

There are many grammatical differences between the agglutinative Korean language and isolated Chinese language. But, one of the thingsKorean students find most difficult is using Chinese complements. Korean adverbial phrases are usually used to translate a Chinese complement, but the rules are not consistent, and not all modern Chinese complements can be changed into Korean adverbs. This is why Korean students find it hard to learn Chinese complements.

Korean learners of the Chinese language often make errors when using the “得” state and degree complement. This study aims to find the Korean expression and rules corresponding to the “得” state and degree complement based on the three level's theory in contrastive analysis hypothesis and grammatical theory in the foreign-language learning theory, to find the method to reduce the errors and make it easier for Korean students to learn Chinese complements.

First, the syntactic, semantic and pragmatic characteristics of the Chinese “得” state and degree complement sentence structures were studied.

Second, the concept and characteristics of Korean adverbs were examined, and the Korean adverbs corresponding to the “得” state and degree complement were found.

Third, Based on the above, Korean learners should pay attention to when learning Chinese complement, and provide it as a reference for second language education.

This thesis consists of six parts:

Chapter 1 introduces this thesis. It introduces the area of study, the objective, targets, materials, methods and researches, and theoretical background (contrastive analysis hypothesis and three level's theory).

Chapter 2 introduces the characteristics of the "得" state and degree complement, and studies the syntactic, semantic and pragmatic characteristics. It summarizes and analyzes existing research results, and presents the researcher's opinion.

Chapter 3 studies the concept and grammatical characteristics of Korean adverbs.

Chapter 4 studies which Korean adverbs used in front of verbs correspond to the "得" state complement, and the corresponding rules.

Chapter 5 studies which Korean adverbs used in front of verbs correspond to the "得" degree complement, and the corresponding rules

Chapter 6 concludes this thesis by expressing the researcher's opinion about how Korean learners of the Chinese language can learn the Chinese "得" state and degree complement based on the research results.

The result of this study will not only predict the “得” state and degree complement acquisition process of Korean students, but also provide the learning methods and strategies for Chinese language learners of different levels. Also, it will be an ideal teaching-learning reference to Chinese language teachers.

Keywords: “得” complement sentence structure, adverb, contrastive analysis, three level's theory

국문초록

한국어 부사어와 중국어 "得" 자 정태보어와 정도보어의 대응 및 관련 분석

교착어인 한국어와 고립어인 중국어 사이에는 많은 문법적 차이가 존재하고 있지만 그 중에서도 학습자가 늘 어렵게 생각하는 것 중 하나가 바로 "보어" 이 문법성분이다. 한국어의 부사어로 번역되는 경우가 많으나 그 대응규칙이 일관적이지 않고, 또 모든 현대 중국어의 보어를 한국어 부사어와의 대응 관계로 일반화할 수 없으므로 한국학습자들이 중국어 보어 문형 학습시 많은 어려움을 겪는다.

본 논문의 목적은 한국인 학습자들이 중국어 보어 중 "得" 자 정태보어 및 정도보어를 학습할 때 범하는 오류의 유형 및 그 원인을 귀납하기 위해 외국어 학습이론 중 대조분석가설과 어법이론 중 삼개평면이론을 기초로 하여 중국어 "得" 자 정태보어 및 정도보어 구문의 형식과 대응하는 한국어 성분 및 그 대응규칙을 찾아 한국인 학습자들이 중국어 "得" 자 정태보어 및 정도보어 구문을 학습하는데 방법상의 본보기를 제공하여 학습효과와 수준을 높이는데 있다. 구체적인 내용은 다음과 같다.

첫째, 기존 연구 성과를 종합하여 중국어 "得" 자 정태보어 및 정도보어 구문의 통사적, 의미적, 화용적 특징에 대해 고찰한다.

둘째, 한국어 부사어의 개념과 특징을 이해하고 한국어 부사어 중 어떤 부사어들이 중국어 "得" 자 정태보어 및 정도보어와 관련 있는지 알아본다.

셋째, 이상의 내용을 기초로 한국인 학습자들이 중국어 보어를 배울때 주의해야 할 점을 귀납하고 제2언어 교육에 참고자료로 제공한다.

.

본 논문은 총 여섯 부분으로 구성되어 있다.

제1장, 본 논문의 서론부분으로 본 논문에서 연구하고자 하는 문제를 제기하고 연구목적, 대상, 언어자료, 방법과 연구내용 및 이론배경(대조분석가설, 삼개평면이론)을 소개하였다.

제2장, 중국어 “得” 자 정태보어 및 정도보어의 특징을 소개하고 통사, 의미, 화용방면에서 고찰하였다. 기존의 연구성과를 개괄하고 분석하고 또한 필자의 견해를 덧붙였다.

제3장, 한국어 부사어의 개념과 그 어법적 특징에 대해 알아보았다.

제4장, 한국어 동사 앞에 쓰이는 부사어 중 어떤 부사어가 중국어 “得” 자 정태보어와 관련이 있는지 알아보고 중국어 “得” 자 정태보어가 한국어 부사어와 어떻게 대응하는지 그 대응 규칙을 찾아내었다.

제5장, 한국어 동사 앞에 쓰이는 부사어 중 어떤 부사어가 중국어 “得”자 정도보어와 관련이 있는지 알아보고 중국어 “得” 자 정도보어가 한국어 부사어와 어떻게 대응하는지 그 대응 규칙을 찾아내었다.

제6장, 본 논문의 결론부분으로 연구결과를 바탕으로 한국인 학습자의 중국어 “得” 자 정태보어 및 정도보어의 교학에 관하여 간단하게 의견을 제시하였다.

본 연구에서 얻은 결과는 한국인 학습자의 중국어 "得"자 정태보어 및 정도보어 습득과정을 예측할 수 있을 뿐만 아니라 각각 다른 수준의 학습자들에게 그에 상응하는 교수법과 학습 책략을 제공할 수 있을 것이다. 또한, 이것을 기초로 본 논문의 연구가 교사들에게 이상적인 교수 학습 모델을 제공하는데 중요한 참고 자료가 될 것을 기대해본다.

주제어 : "得" 자 보어구문, 부사어, 비교분석, 삼개평면

图表

目次

韩语状语与汉语“得”字情态补语和程度补语的对应及关联分析

1. 绪论

1.1. 问题的提出及研究目的

韩语和汉语存在很多语法差异，这其中常常让学习者感到困难的语法点之一就是汉语里的“补语”这一术语及其对应的句法成分。笔者也在长期学习汉语的过程中，因为上述困难，在学习和使用汉语时出现了不少偏误。

上述困难也可以从汉语习得语料的相关统计中得到证明。从北京语言大学HSK动态作文语料库中选取了1992-2005十四年间的韩国学生HSK写作部分(总共11569篇)涉及到补语偏误的511句(299个残缺补语句，212个多余补语句)，可以看到错误比率达到41.6%。在查看包含韩国在内的101个国家的学生关于补语的1226句(739个残缺补语句，487个多余补语句)错误总数时，可以发现这1226个错误中，韩国学生们的补语错误有511个错误，约占41.6%，错误发生相对较多。

汉语有各种各样的补语，但是限于篇幅本论文打算把其中的“得”字情态补语和程度补语当做研究对象。一般补语的作用是对前置中心词即述语加以说明，从结果、状态、程度等方面对述语进行补充说明，使句子更加完整，使句子的意义更加丰富多彩。但是关于这两个补语的形式和表现方法，对于韩国学生来说，特别困难，具体表现在两个方面:

首先，从汉语补语的识别上看，因为韩语里没有形式与功能完全匹配的成分，给学习者造成成分识别上的困难。例如：

(1) 允洙文章写得很好。윤수는 글을 매우 잘 쓴다.

允洙 文章 很 好 写

如果给韩国学习者看上面句子的话，就能发现他们不仅对“得”的用法缺乏理解，而且又因为在韩语中，动词即谓语后面不可能出现任何句子成分，所以对关于汉语“补语”的术语也会感到生疏，在翻译成韩语时，也不用“补语”，而是用“状语”来表达，所以感到学习困难。

其次，实际习得过程中产生的偏误率确实相当高。就较高的偏误率而言，我们做了以下统计可以证明。根据李高恩(2011)对山东大学国际教育学院中高级班韩国语言进修生的作文课进行分析的结果，430句“得”字情态补语句中，共得到143个错误，错误比率达到33.3%[1]。针对在韩国的学习中文的学生所作的调查也颇能说明问题。以有一年以上的汉语学习时间的韩国中文系大学生们为例，就情态补语和程度补语来看，根据学习时间，进修经验的有无来分析错误的结果，这一类学习者也同样表现出上述特点。以41名学习者为对象，用情态补语和程度补语造句为题做了问卷调查。调查结果发现学习汉语时间1-2年的情况，误答率为67.7%；2年以上的情况，误答率为53.4%；没有研修经验的情况，误答率为71.9%；有进修经验的情况，误答率为51.92%。这说明汉语里的情态补语和程度补语习得难度较大，不过，随着学习时间的增加与实践的增多，错误也会逐渐减少[2]。

鉴于以上问题， 笔者认为我们需要对这一现象做深入的理论和实践研究，将汉语中带“得”的情态补语和程度补语与韩语中相应的成分之间的对应关系研究清楚，并以此为基础，为韩国学生学习这一重要的语法现象和表达手段提供必要而有价值的教学指导。这也正是笔者写作本文所期望完成的任务。

---

1 李高恩(2011)《中高级韩国学生“得”字情态补语习得研究》，山东大学硕士学位论文

2 Kang-jaeen(2005)《한국학생의 정도보어·정태보어 활용 실태 및 오류분석》，성균관대학교 석사학위논문

1.1.1. 汉语“补语”及其相关研究

对学习汉语的韩国学生来说,“补语”[3]这术语的使用是引起混乱的重要原因之一，这是因为在韩语里也有被称为补语的句子成分，但是它只是概念形式跟汉语一样，功能跟汉语中的补语完全不一样。换句话说，韩语中也有“补语”的句子成分, 与汉语中的“补语”同名，但不同义[4]。英语[5]中虽然也有对补语进行解释的句子成分，却如同韩语中的补语一样，与汉语中的“补语”同名，但不同义。

在汉语语法学界看来，所谓补语是指放在谓语动词或形容词后面，对谓语出现的内容，即动作行为性质状态进行更深一层详细说明的成分，关

---

3 C. Prator提出的“难易度等级模型”中将难易度分成了0-5等级。等级越高，难度越大。根据这个模型，补语的难易程度是4等级。4等级的情况是目标语言的某个部分在第一语言中并没有相应的部分，因而给学习者在学习这个全新部分的时候产生了障碍性妨碍。

4 在韩语和英语中，补语是句子的要素，即是必须要存在的部分，省略的话句子将不成立。但是在汉语中补语并不是必要存在的部分。韩语中所说的补语是指在句子中，单用主语和谓语无法完整表达意思的情况下所用的对谓语的不足进行补充说明的词语。汉语和韩语仅仅是名称相同，并没有相同机能的句子成分。从对汉语补语和动词的内容进行补充说明这个点来看，在韩语中有功能上相同的副词，但是意思解释不同。韩语中所说的补语和英语的补语虽然不是完全相同，但是与英语语法学界中所说的complement意思相近。具体说明，可见第23页。

5 Kim-hyeongyeop(2009)《영문법의 실체와 이해》, 고려대학교 출판부
英语中的补语用法和韩语中的补语用法差不多。英语的句子形式中句型二(主语+动词+补语)和句型五(主语+动词+宾语+补语)中用到了补语。仔细观察2形式就会发现，这里的动词是无法单独使用的不完整自动词，后面需要补语。例如,
(1) He is my father. 그는 나의 아버지이다.(名词补语)他是我的爸爸。
(2) She became rich. 그녀는 부자가 되었다.(形容词补语)那个女人成为了富人。
看例句(1)可以知道单单只有主语He动词is的意义是不确定的。即,“他是, , , 。”中主人公他具体是什么并不明确。对主人公的状况进行补充说明的正是补语。所以就成立了He ~ father的公式。例句(2)中也一样，作为不完整自动词，无法单独使用，动词后面一定要使用补语来对主语进行补充说明。观察5形式可以看到在句子(他们推选汤姆为议长)中，除了主语They，动词elected, 宾语Tom以外还有一个chairman的词。从句子的意思来考虑的话，汤姆被推选为议长的意思是最终选举的结果是汤姆成了议长的意思，所以是Tom ~ Chairman。换句话说，Tom和chairman之间的关系就像是第2形式的句子Tom is a chairman中Tom和chairman的关系，即作为处于主语和补语之间的宾语，这个情况的补语是宾语的补语，所以可以把它称为名词性补语，和第2形式中的作为主语补语的主格补语有所区别。名词性补语的成分也和主格补语一样既是名词又是形容词。

于这种补语的定义，有不少，但概括起来说，重要的说法如下：

丁声树(1961)说，所谓补语是动词或是形容词后面的补充说明的成分。

吕叔湘(1979)认为补语就是补足语，根据附加对象的不同大致分成名词附加语，动词附加语，形容词附加语这三个部分。然后，动词附加语和形容词附加语又再次各自分成前附加语和后附加语。她认为这之中动词和形容词后面附加的后附加语可以看成是起到补语的作用。

朱德熙(1982)曾说过在汉语中，补语是谓语性成分，在意义上有对动作的结果或状态进行说明的作用。

黄伯荣(1991)说，所谓补语前面的中心语是动词和形容词，补语的性质比较复杂，谓词性词语，介词短语和副词‘很，极’等都可以做补语，用来说明动作，行为的结果，趋向，数量，是位于动词和形容词后面，主要对动词和形容词进行补充说明的成分。

根据刘月华(2001)的话可发现，在汉语中，补语位于动词或形容词后面，作为谓语性成分主要有结果补语，方向补语，程度补语，这些补语们在结构上有一个共同点，就是都包含着两种表达，例如，

(2) “学生走进宿舍。” 中包含 “学生走。” 和 “学生进宿舍。”

意义关系上，谓语带有两种表达时，前面的动词或形容词一般表示原因或方式，后面的补语表示结果。还有，补语是位于动词或形容词后面，主要对动词或形容词进行补充说明的成分，所以除了少数的数量补语外，大多数是非名词性的。

邢福义(2002)说补语是谓语性结构里中心语后边起补充作用的成分。中心语和补语之间有时出现 “得(de)”。“心+得+补” 格局的形成，往往跟补语语义类型和补语结构情况都有关系。根据语义和语词性质，补语大体可以分为

两大类 ① 状况类补语:表示跟中心语行为性状有关的状况, 主要包括结果补语, 趋向补语, 可能补语, 程度补语和评判补语; ② 物体类补语: 表示跟中心语行为性状有关的时间, 方所, 数量和对象, 方式等, 主要包括时地补语, 数量补语和关系补语。

如上定义中所说的补语, 就是对动词或形容词的结果, 趋向, 可能, 程度和状态及性质状态的程度和状态进行补充说明。补语除了在语义上对前面的成分进行补充说明外, 更重要的还在语法意义上完成特别的功能, 实现句法关系意义。

关于补语的分类在语法学界中有多种做法, 最近语法书中所看到的补语分类如下: 刘月华等著的《实用现代汉语语法》中分为"结果补语, 程度补语, 趋向补语, 可能 补语, 数量补语, 处所补语", 季永兴的《现代汉语语法结构分析》中分为"结果补语, 程度补语, 情态补语, 趋向补语, 可能补语", 还有, 黄伯荣等著的《现代汉语》中分为"结果补语, 程度补语, 情态补语, 趋向补语, 可能补语, 数量补语, 处所补语", 甘玉龙等著的《新订现代汉语语法》和 李德律等著的《外国人实用汉语语法》中分为"结果补语, 程度补语, 可能补语, 趋向补语, 数量补语"。

各个学者语法书意见各不相同, 根据分类基准的不同, 分类有一点差异, 但是一般大致分为"结果补语, 趋向补语, 可能补语, 情态补语, 程度补语, 数量补语"等。来看如下具体例句。例(3a-f)中划横线的部分在句中用作补语。

(3) a. 他打破了一个杯子。(结果补语)

例(3a)中, 因为"打"这个行为杯子破了, 杯子的形态引起了变化, 表达了杯子碎了这个状态。主要表现动作或状态的结果, 随着动作的实现, 使目标语的形态或状态发生变化的作用，即，带来某种行动变化的，就是所谓的结果补语。

b. 我走过来。(趋向补语)

例(3b)中，动词“走”后面用了“过来”，对某个动作朝哪个方向进行这点起到了补充说明的作用，这样的补语称为趋向补语。单纯趋向补语有①来，去 ② 上，下，进，出，回，过，开，起，以及① 和② 相结合的复合趋向补语。

c. 我看不懂这本书。(可能补语)

例(3c)中，动词“懂”用作可能补语，对看的能力的有无进行了补充说明。被修饰语和结果补语，被修饰语和趋向补语之间加上结构助词“得”或否定副词“不”，动作的结果还有方向能否实现，体现能力的成分，称为可能补语。

d. 我女儿每天睡得很晚。(情态补语)

例(3d)中，形容词“晚”受到程度副词“很”的修饰，和程度补语一起用作情态补语，起到叙述动词“睡”的结果的作用。情态补语是形容词受到前面程度副词的修饰，一起用在被修饰语后面，被修饰语和形容词之间通过结构助词“得”连接，起到了描写，说明动作的结果或状态的作用。

e. 考试结束了，我们高兴得很。(程度补语)

例(3e)中，程度副词“很”用作程度补语，起到了进一步强调被修饰语程度的作用。

f. 我等他一个小时。(数量补语)

例(3f)中，“一个小时”用作数量补语，表现了动作的时间。谓词后面使用数量词，体现关于动作·变化的数量，时间，次数等的补语称为数量补语。

1.1.2. 韩语“补语”及其相关研究

韩语语法学界对补语的讨论从未曾停止，所以确定研究的范围并不容易，本论文将现行学校语法教材中规定的补语当做研究对象。在韩语中，“补语”是指仅在主语和谓语不能充分表达其意思的情况下，为了补充说明而在动词前使用的修饰语。

动词“되다(成为)”或者形容词“아니다(不是)”作为谓语使用时，仅仅使用它们不能传达完整的意思，所以需要对这个意思进行补充说明的其他成分，这个时候“名词+补格助词[6](이(i)/가(ga))”与谓语结合，起到补充的作用，这就是补语。

---

6 助词是指跟在名词后面，作为体现多样的语法关系或者追加意义的存在，并没有独立性的单词。助词大部分跟在名词后面，但是有时也会跟在动词，形容词，副词后面，跟在句子后面的情况也有。助词的种类有一下7种。

① 主格助词: 이/가(i/ga), 에서(eseo), 께서(ggeseo)
② 宾格助词: 을/를(eul/reul)
③ 补格助词: 이/가(i/ga)
④ 叙述格助词: 이다(ida)
⑤ 关联助词: 의(ui)
⑥副词助词: 에(e), 에서(eseo), 에게(ege), 한데(hande)
⑦呼格助词: 아(a), 야(ya), 이여(iyeo)

补格助词是跟在体词后面，提示它是补语的助词。比如，

(1) “나는 어른이 아니다.” (我不是成人)
我 成人 不是
(2) “나는 천사가 아니다.” (我不是天使)
我 天使 不是

这两个句子中“어른이(成人), 천사가(天使)”的句子成分是补语，“이(i), 가(ga)”是跟在“어른(成人), 천사(天使)”体词后面，将其转换成补语的补格助词。

《韩国语标准国语大字典》中，补语是在仅用主语和谓语无法完整意思的句子中，对不完整的地方进行补充，将意义修饰完整的修饰词，不仅是体词，以名词句，名词节为首，在用体词饰词的句中加上“-이/가 (i/ga)”完成。

Han-chaeyeong(2008)曾说过，在韩语中，补语事实上在学问性国语语法学界中几乎是废弃的概念。“A는 B가 되다(A成为B)”，“A는 B가 아니다(A不是B)”中，给予句子成分“B가(Bga)”的名字并不恰当，在语法教学中属于还在研究讨论的概念，因为比起主语，谓语，宾语的教学价值来说要小很多，所以仅仅把补语作为为“되다(成为)”和“아니다(不是)”这两个谓语存在的概念看待就好了。

Na-chanyeon(2009)说过，在韩语中，所谓补语就是“되다(成为)”或“아니다(不是)”作为谓语使用时，这些谓语和主语必需的句子成分。补语在体词或和体词相同作用的小节中，加上补格助词[7]“이(i)”，“가(ga)”，句子也是成立的。比如说，

(4) a. 이것은 연필이 아니다.（这个不是铅笔）
　　这个　铅笔　不是
　b. 천송이는 바보가 아니다.（千颂伊不是傻瓜）
　　千颂伊　傻瓜　不是

例句(4a-b)的“연필이(铅笔)”和“바보가(傻瓜)”是谓语“아니다(不是)”的补语，如果没有它，这个句子就不成立。如上例子中看到的一样，韩语中，出现补语时，谓语就变成“아니다(不是)”。

7 助词跟在体词后面，体现和其他词的语法行关系，偶尔也会增加特别的意思。助词根据它的机能和意义不同，分为格助词，连接助词，补助词。格助词帮助前面出现的体词在句中实现一定的资格。所谓一定的资格是指作为主语，宾语，补语，定语，状语，独立语，谓语等的资格。格助词中有主格助词，宾格助词，补格助词，冠形格助词，副词格助词，谓格助词等。

(5) a. 이번 일은 <u>누워서 떡 먹기가</u> 되었습니다.
(这次的事情成了躺着吃糕那样简单了)
这次的事情　躺着吃糕　　成
b. 도민준은 <u>선생님이</u> 되었다.[8] (都敏俊成了老师)
都敏俊　老师　成了

例句(5a-b)的"누워서 떡 먹기가(躺着吃糕)"和"선생님이(老师)"是谓语"되다(成为)"的补语，如果没有它，这个句子就不成立。如上例子中看到的一样，韩语中，出现补语时，谓语就变成"되다(成为)"。换句话说就是，只有"되다(成为)"或"아니다(不是)"是谓语的时候，才会出现补语。

笔者将会通过下列句子，对汉语补语和韩语补语的共同点和差异点进行分析，

(6) 천송이는 <u>바보(가)</u> 아니다. (千颂伊不是傻瓜)
千颂伊　傻瓜　不是

(7) 도민준은 <u>선생님(이)</u> 되었다. (都敏俊成为老师了)
都敏俊　老师　成为

上面两个例句(6)，(7)的韩语句子翻译成汉语的话，在韩语中用作补语的"되다/아니다(成为/不是)"在汉语中，既是"动词"的词性，又具有"谓语"的功能。补格助词"이/가(i/ga)"用作宾语或动词谓语句。韩语补语，补充谓语，与表现结果，趋向，可能，程度的汉语补语不同，用作其他的句子成分。"补语"这个概念汉语和韩语语法学中都有，但所指对象完全不同。换句话说就是，汉语和韩语补语仅仅只是名称相同，并没有担当相同功能的句子成分。韩语中则没有在形式，结构等方面完全相对应于汉语里"补语"的句子成

---

8 Lee-gwangyu(2005)《학교어법론》, 월인출판사

分，但在角色上应该与韩语中的“状语”相对应，一般由韩语中的“状语”来承担。

汉语补语系统类型多，范围大，形式各异，用法复杂，这种补语本身的复杂性和多样性造成了教学上的困扰，而我们认识得还不是很清楚。特别是在各种补语中，也很难找到与汉语“得”字补语相统一的形态，所以韩国学习者经常会犯错，也正因此，汉语里的“补语”是韩国学生学习的难点，但因为难度差异不同，更由于本人水平和篇幅等的限制，我们暂时选择了汉语带“得”补语中的情态补语和程度补语作为分析对象，考察它们与韩语相关成分的对应关系 。

1.1.3. 汉语“得”字情态补语及程度和韩语状语之间的关联

(8) a. 你明天早来。
너 내일 일찍 오너라.
你 明天 早 来
b. 他昨天来得很早。
그는 어제 일찍 왔다.
他 昨天 早 来

上面的例句(8a-b)中汉语的“早”分别有状语和补语的作用，但是在韩语中则都用状语来表达或翻译。仅仅只用韩语句子的话，在翻译成汉语时，对到底应该用状语还是应该用补语会产生混淆。接下来我们看下面的例句。

(9) 虽然时间不长，但是很快就习惯这里的生活了。(状语)
비록 시간은 길지 않았지만 매우 빠르게 여기 생활에 적응했다.
虽然 时间 不长 但是 很 快 这里 生活 习惯了

(10) 这几天我过得很愉快。(情态补语)

요 며칠 나는 매우 즐겁게 보냈다.[9]

这几天 我 很 愉快 过

(11) 他想你想得不得了。(程度补语)

그가 너를 너무 보고 싶어 한다.

他 你 不得了 想

上面例句(9)-(11)中，汉语的状语，情态补语和程度补语区分明确, 但是韩语是用"-하게(hage)"像状语一样解释的, 所以韩国学习者看着这两句韩语句子要把它们翻译成汉语是很难的事。我们看一下下面几个韩国学生偏误的句。

(12) *老人很满意地吃。

(13) 他非常高兴。

例句(12)是韩国学习者们在实际造句时经常触犯的错误。这是根据母语语序排列句子而产生的错误。由于韩语里没有跟汉语对应的补语形式，将"得"字情态补语句译成韩语时常用"-하게(hage)"的形式。因此，韩国学生常用"…地— + V"这种状语形式代替"得"字情态补语句。例句(13)不是病句。但是韩国学习者们在实际造句时，不顾应该要使用程度补语的情况，大部分都用程度副词来应付使用。韩语中的程度表达具有一定的限定。虽然认识到了"很"和"非常"的程度差异，但是在韩语中都用"매우(很，非常)"来表达。

关于这个问题，现有的语法书或者翻译书和相关的学位论文中，让人感

9 Park-deokjin(2011)《중국어I》, 정진출판사

觉充足丰富的论文很少，另外，大部分都只是关于“得”字情态补语及程度补语句型和语法特征的研究，而且相关特征分析也还需要做更为深入的工作，更为重要的是，尚未见到针对韩国学生学习汉语时，在汉语“补语”这个成分的学习过程中出现的种种偏误及其原因而做的理论和实践研究。本文认为这是需要尽快加以研究的课题，本文所做的就是这一工作。

1.2. 研究对象，语料，方法，内容

1.2.1. 研究对象和语料

首先，本文将在前人对汉语里的带“得”的情态补语和程度补语的形式与功能研究的基础上，进一步加以探讨和归纳；其次，讨论汉语里的上述补语与汉语相应成分之间的关联表现，归纳其间的关系；第三，在此基础上，为韩国学生更高效地学习汉语里带“得”的情态补语和程度补语提出教学方法上的对策或建议。具体可以概括为以下三个方面。

第一，对汉语“得”字情态补语及程度补语的句法，语义，语用方面的考察。

第二，对韩语状语和汉语“得”字情态补语及程度补语的关联性的考察。

第三，考察汉语“得”字情态补语及程度补语与韩语中相对应的某些成份的关系，寻求二者之间的对应规则。

本文使用的语料主要有以下来源:

(一) 在韩国，中国出版的语法教材;

(二) 过去学者们研究中的用例，均在本文中注明出处;

(三) 来自CNKI，RISS语料库和网络的语料；

主要引用在两国出版的语法教程和过去学生们使用的实例，以及虽然与本论文类似或者不同，但是研究的是与本论文相关主题的学位论文，中国学术信息院CNKI和韩国教育学术信息院提供的学术厅研究部系统RISS。

1.2.2. 研究方法和内容

本论文的研究方法如下：

为了导出本文想要得到的结论，以对比分析假设和三个平面理论为基础，对韩语状语和汉语“得”字情态补语及程度补语进行逐个分析，并找出这之间的连贯性和对应规则。

主要研究内容为：

第一章为本文的绪论部分，主要对本文研究问题的提出及研究目的，对象，语料，方法，内容进行介绍。简单了解汉语补语和韩语补语的概念和特征，提出本论文的研究对象现代汉语“得”字情态补语及程度补语，比起其他种类补语，与韩语状语更具关联性。还有，对本文的理论背景对比分析假设和三个平面理论进行介绍。

第二章，主要介绍汉语“得”字情态补语及程度补语的特征，对汉语“得”字情态补语及程度补语的句法，语义，语用方面的考察。对已有的研究成果做概括，分析其得失，并在某些方面提出笔者的看法。

第三章，描写韩语状语的概念和其语法特征。

第四章，以第二，三章中研究结果为基础，了解用在韩语动词前面的状语中哪些状语与汉语”得”字情态补语有关联，还寻找出汉语“得”字情态补语与韩语状语的对应规则。

第五章, 以第二, 三章中研究结果为基础, 了解用在韩语动词前面的状语中哪些状语与汉语”得”字程度补语有关联, 还寻找出汉语“得”字程度补语与韩语状语的对应规则。

第六章, 是本文的结论部分。以研究结果为基础, 对韩国学习者的汉语“得”字情态补语及程度补语的教学提出简单的意见。

1.3. 理论背景

因为本论文既是关于外语学习的研究, 同时又是关于语法的研究, 所以有两个理论为背景。首先, 通过韩语状语和汉语补语的对比, 为了找出一定的对应规则的方法, 在外语学习理论中, 选择了对比分析假设。以现代语言学中的结构主义为基础, 通过对汉韩两种语言中两类具体结构的描写, 调查, 分析, 借鉴外语学习和第二语言习得理论中的语言对比分析理论, 考察汉韩两种语言中这两类结构的异同, 在此基础上提出适当的教学策略。

三个平面理论作为非常重要的语法理论, 在语法研究中也产生着至关重要的影响。实际中, 许多学者在语法研究上以三个平面理论为基础进行分析。将情态补语及程度补语的特征分成句法, 语义, 语用三个部分进行研究。

1.3.1. 对比分析假设(Contrastive Analysis Hypothesis)

从1945年开始到1965年为止, 以结构主义语言理论和行为主义心理学为基础，兴起了对比分析假设，这是把偏误的发生看成是母语的语言结构对学习目标语产生影响的转移现象的理论，这个假设最初由Fries(1945)提出，之后，因为Lado(1957)等结构主义语言学者们，这个假设得到了更多的研究以及发展。

一，对比分析的依据

在语言习得理论中，主张语言的习惯形成的经验主义者们觉得所有的语言都完全不同，并有没有所谓的语言普遍性，所以他们认为不论是谁，在学习外语时，母语的障碍现象是无法避免的。因为他们认为学习者在学习外语时，接受母语的影响越多，困难则越大，所以为了克服这样的障碍现象，比较，分析母语和学习目标语之间差异点的语言对比分析是必不可少的。对比分析的结果能够清楚明白的显示学习的难易度和学习的重点，所以能够更有效率的学习外语。例如，外语学习者学习母语后，在新语言习惯的养成时，两种语言的差异会引发问题，两种语言的结构差异越大，学习上的难点也就越大这一点就是以对比分析为依据的一种假设。

Fries(1945)在撰写外语教材时也是以对比分析假设为依据的。他认为外语最有效的学习教材编纂应该是把学习目标语和母语进行比较，并立足于科学性的技术。

Dulay, Burt(1947)也在外语学习过程中谈到了对比分析假设。认定了母语和学习目标语因为在语言构造上类似，所以有给予学习目标语帮助的肯定性现象和因为母语和学习目标语完全不同的差异点而给学习带去困难的否定性转移现象。所以，考虑到由于否定性的转移现象所引起的障碍，教师应事先编写教材给予学生们训练，这是外语教育中最重要的因素。简言之，对比分析最重要的意义在于事先预测学习者们会触犯的偏误，并准备好语言教学资料，然后对学习者们进行教学。

例如，通过对比分析的偏误预测的可行性，仔细查看我们国家的人们在学习英语和日语时，句子中的动词和宾语的语序关系的话，这一理论很容易能得到认证。即，在国文韩语中，宾语后面加动词，和动词后面加宾语的英语句型的语序不一样，所以很容易产生障碍现象。但是在学习日语时，韩语和日语的语序非常相似，所以句型学习比英语简单多了。在第二语言习得中，学习者必然会发生的偏误并不是由于母语的干涉或是从迁移现象中产生的这个主张，虽然还有很多疑虑，但是如同上面的例子，两个不同的语言之间产生的差异点，在诊断外国语学习者的学习问题上面，依然得到了很大程度上的验证。

二，对比分析的顺序阶段

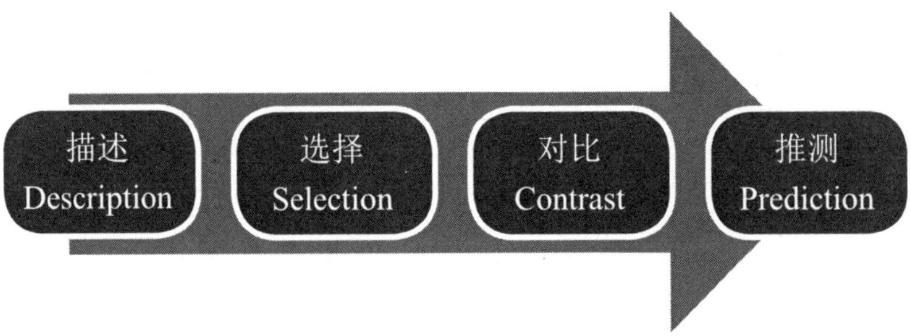

图表1. Whitman的对比分析顺序

站在对比分析假设是必要的这个立场上，关于两种语言的对于分析的顺序，Whitman(1970)把分析的过程分为描述，选择，对比，推测四个阶段。所谓描述，是指对想要对比分析的语言的描述；所谓选择，是指因为实际上无法对两种语言的所有部分进行对比，但是为了对比而对某些资料的规则和构造进行的选择；对比是将所选定的一种语言的规则和体系与另一种语言的规则和体系进行的比较；推测是根据通过以上三个阶段所得到的资料，进行偏误预测和推定学习难易度，把得出的对比结果设定为学习上的难点，进行推测的工作。

1.3.2. 三个平面理论

80年代以前，中国的语法研究一般都模仿西方的语法理论，属于复杂的形式和意义的语言构造的研究，单纯的从构造方面或意义方面进行研究，这样就无法全面具体，正确理解句子方面也存在不足。中国的改革开放以后，出现了很多如转换生成语法，格语法，系统功能语法等国外的语言理论和语法理论，但是仅仅只是机械的模仿，并不都符合汉语的实际。所以，一部分语言学者就综合了国外所有的语法理论的长处，摸索出理论与实际相结合的汉语特有的语法理论，提出了三个平面理论。

三个平面理论的语法理论思想在1981年出版的胡裕树主编的《现代汉语》教材中第一次被发表，他在讲到语序时就率先指出："必须区分三种不同的语序：语义的，语用的，语法的。"胡裕树，文炼(1982)在《句子分析漫谈》一文中改"语法"为"句法"，把句法，语义，语用并提，认为这三者都属于语法研究的范围[10]。胡裕树，范晓(1985)在长篇论文《试论语法研究的三个平面》一文中提出："要使语法学有新的突破，在语法研究中必须把三个平面区别开来，……又要使三者结合起来，使语法分析做到形式和意义相结合，动态和静态相结合，描写性和实用性相结合。"[11] 这篇文章的发表代表了汉语语法研究的三个平面理论的基本框架的形成。在那以后，很多学者们都以此理论为基础，提出了各种各样的意见，推动了三个平面理论的完整和发展。

10 胡裕树，文炼(1982)《句子分析漫谈》，中国语文，第3期。

11 胡裕树，范晓(1985)《试论语法研究的三个平面》，新疆师范大学学报，第2期。

三个平面理论的主要内容是指句法，语义，语用三个方面的分析。句法大体相当于传统所说的语法；语义是语法形式表达的意义；语用是语法形式负载的语用价值和信息。

句法平面是指对句子进行句法分析。主要从两方面进行：一方面，对句法结构内部的词语与词语之间的关系进行成分分析。另一方面，对句法结构内部的词语与词语之间的层次关系进行分析。

语义平面是指对句子中词语间的语义关系进行语义分析。比如:

(14) “张三批评了李四。” 和 “李四被张三批评了。”

虽然主语变了，但是这两个句子的意思差不多。这是因为一个句子不仅在表层有着句法关系，而且在深层有着语义关系。可见，句子的意思是由句中词语间的语义关系决定的。语义平面的研究主要有动核结构，动词的“价”，语义成分分析名词的“格”，语义指向等等。

语用平面是指对句子做语用分析。换句话说，词语或句法结构体在语言实际使用中所产生或形成的语用价值或信息。语用意义往往体现着说话人的主观表达意向。语用平面的研究主要有：主题和述题，表达重心和焦点，语气和语言行为类型，口气等等。

2. 汉语“得”字情态补语及程度补语研究

2.1. 汉语“得”字情态补语及程度补语的特征

现代汉语中，补语因为自身的复杂性成为了语法学界的争论焦点之一，在对外汉语教学中，补语同样成为留学生学习汉语的一个重点和难点。德国Mainz大学的Peter Kupfer(1990)指出补语的体系最不科学，在教学中最难以运用[12]。对外汉语教学语法体系中的补语系统因为种类多样，范围宽广，形式各异，用法复杂，所以对教学造成不利影响。

汉语的补语出现在动词或形容词后面，是对动词或形容词的意思进行更明确说明的补充成分。如果查看关于汉语补语的定义，不难发现“补充”这个单词经常使用，所以补语很容易会被误解成附加成分。但是我们在这里要注意的是，补语不是附加成分而是主要成分的这个特点。如果补语只是附加成分，在句子中仅仅只是补充动词或者形容词的话，那么不一定非要用补语也可以完成句子。但是，实际上就一般情况而言，如果句子中少了补语或补语的标记成分的话，就会曲解原本想表达的意思或者再严重点可能会造成句子的不成立。比如：

(15) a. *正在下雨，雨下很多。
b. *他唱了一首歌，唱很好。
c. *我终于在网上查了这方面的资料。
d. *我们一起画蛇，先画蛇的人可以喝这壶酒。

12 Peter Kupfer(1990)“补语是传统语法体系范围最广，最不科学，在教学中最不好运用的概念。”《汉语作为外语教学的语法体系急需修改的要点》，北京语言学院出版社例句(15a-d)都是少了补语的标记词“得”的错误句子。例句(15a-b)中，漏掉了表示情态补语的标志结构助词“得”，对“雨下的量非常大”和“唱的程度是好是不好”没有明确表达出来。例句(15c-d)是漏掉了表示动作行为产生了某种结果的结果补语的句子。动词和结果补语是表现动作以及跟随那个动作所产生的结果，二者是非常紧密的关系，不使用结果补语“着/到，完”，句子不成立。对动作行为“查”，“画”和结果补语“着/到，完”需要紧密使用这点，对汉语是母语的人来说，并不是需要特别注意的事项。但是会有学习者因为对学习规则不熟悉，或者受到母语的影响，而直说动作或直说结果，或说成主谓句子的情况。因此，虽然补语本身并不是主要成分，但是它所表达的意义和起到的作用非常多样，所有决不能小看了它。

引导补语的代表性结构助词“得”，不仅引导可能补语，还引导情态补语以及程度补语。可能补语因为在形式和意义上和程度补语，情态补语区分明确，所以在本研究中并不当做研究对象。在现行汉语语法著作中，对原来通称为程度补语的再分类与否问题分歧较大，尤其对程度补语和情态补语的定义和范围，至今没有定论，成为对外汉语教学中的一个经典难题[13]。

对这类补语的处理概括起来大致有三种。其一笼统称之为“程度补语”；其二是分为“程度补语”和“状态补语”[14]；其三是分为“程度补语”和“情态补语”[15]。经过几年来的研究讨论，很多中国学者不同意笼统称之为“程度补语”，而倾向于分为“程度补语”和“状态补语”两类或“程度补语”和“情态补语”两类。

目前韩国汉语学界也开始了解中国语法学界对上述问题的分歧，但目前在韩国通用的汉语教材几乎都不加区分，笼统称之为“程度补语”。让我们

13 黄南松(1993)《从对外教学看现代汉语语法研究》，语文研究 第3期

14 吕文华(1995)《关于对外汉语教学中的补语系统》，语言教学与研究 第4期

15 刘月华等著(2002)《实用现代汉语语法》，商务印书馆

来看看下面的例句。

(16) a. 她英语说得流利。

a-1 그녀는 영어를 유창하게 말한다. (她把英语很流利地说)

她 英语 流利 说

a-2 그녀는 영어를 말하는 것이 유창하다. (她说英语说得很流利)

她 英语 说 流利

b. 别闹得鸡犬不宁。

b-1 소동을 피워 소란스럽게 하지 마라. (不要引发骚乱弄得闹哄哄)

骚乱 引发 闹哄哄 弄 不要

b-2 소란스럽게 소동 피우지 마라. (不要闹哄哄地引发骚乱)

闹哄哄 骚乱 引发 不要

c. 妈妈气得三天没吃饭。

c-1 엄마는 화가 나서 3일간 밥을 안 먹었다.
(妈妈太生气了，所以三天没有吃饭)

妈妈 生气 三天 饭 没有吃

c-2 엄마는 3일간 밥을 먹지 않을 정도로 화가 났다.
(妈妈三天没有吃饭的程度生气了)

妈妈 三天 饭 没有吃 程度 生气

例(16a-c)中，情态补语可以解释成“结果”和“程度”的意义。特别对于韩国人 来说, 因为情态补语在某些情况下可以解释成“-할 정도로(到-程度)”的程度意义,

所以很容易和程度补语发生混淆，因此感觉不到要把程度补语和情态补语进行区分的必要性，将这二者合起来归纳成了“程度补语”。

但是趋向补语不仅仅只有方向的意义，也会出现结果和持续等的意义，

就像把出现空间移动方向的动词用作补语的这点命名成方向补语，就算说情态补语把程度和状态的意义都体现了出来，但是和只体现“程度”这个意义的程度补语的限定性格式，形式上还是有明显的差异，所以本文中认为将二者分离研究是正确的。

单单只使用“程度补语”这一用语时，在名称上容易引起混乱，所以为了更方便表达和教学，本文将其分成“程度补语”和“情态补语”，需要统称的时候就用“得”字补语，并对带“得”字的程度补语和情态补语进行重点研究。

行文和阅读方便，特将下文中要用的概念符号列表如下：

图表2. 研究中使用的术语

S(Subject)	主语
V(Verb)	动词
A(Adjective)	形容词
C(Complement)	补语
P(Predicate)	谓语
O(Object)	宾语
SC(State Complement)	情态补语
DC(Degree Complement)	程度补语
NP(Noun Phrase)	名词短语
PV(Predicate Verb)	“得”前动词谓语
PA(Predicate Adjective)	“得”前形容词谓语，心理动词
Adv(Adverb)	“得”后副词
VP(Verb Phrase)	“得”后动词短语
AP(Adjective Phrase)	“得”后形容词短语
S2(NP+VP/AP)	“得”后主谓短语

2.1.1. 情态补语

2.1.1.1. 情态补语的概念

情态补语[16](State Complement)是指位于谓语动词之后的，对谓语动词以及动作或变化所造成的相关的人或物出现的新状态进行描述的句法成分。其形式标志是在谓语动词和补语之间有一个结构助词“得”[17]。情态补语的结构如下：

NP(主语) + PV(谓语) + 得 + SC(情态补语)

她 激动 得 <说不出话来>。

“说不出话来”是情态补语，说明对动作“激动”的状态进行描写，动作主题本身的变化状态。

2.1.1.2. 情态补语的句法，语义，语用特征

一，句法特征

在本论文中，研究的重点并不是放在关于对情态补语的主语和谓语的研究上，而是以韩语和汉语的共同点及差异点为基础，将焦点放在了学生们在学习“得”字补语时经常触犯的错误的研究上，所以在这里将会综合各种学者们的意见，再加上笔者的个人意见，对句法特征进行简单概括。在观察情态补语和韩语句子成分之间的对应关系时，并不能仅仅只局限于句子成分进行分析，为了了解句子整体是如何对应的，不仅是情态补语句子的情态补语分析，主语和宾语的分析也包含在研究范围之内。

---

16 朱德熙(1982)，陆检明(1992)，鲁健骥(1993)和黄伯荣·廖序东(2000)采用了状态补语的概念，胡裕树(1962)，刘月华(1983)，王邱丕·施建基(1990)，房玉清(2001)，范晓(2000)，邵敬敏(2001)，孙德金(2002)采用了情态补语的概念，本文用“情态补语”这一说法。

17 是综合朱德熙，吕叔湘，胡裕树，邵敬敏等学者的意见。

(一) 主语分析

在情态补语的构造中，一般句子的最前面是主语。查看现有学者们的研究就会发现，关于谓语的研究，非常丰富，但是相对来说，对于主语的研究却非常稀少。

李临定(1963)指出“得”字句从形式上看，前面一般有主语，但是也有不能加上主语的。松树文芳(1987)从语义分析出发，提出主语可表示对象物，动作主体和工具。

缪錦安(1995)对“得”字句的主语的性质和特征做过简单的描述。

张豫峰(2001)运用三个平面理对“得”字句的主语做了观察和分析。他认为：从句法上分析，“得”字句主语可分为有主语句和无主语句，“S+V+得+C”结构是有主语，大部分名词性词语放在主语的位置，并且只有在特定的情况下，动词性词语才会放到主语的位置。在没有主语的情况下，意念上的主语放在补语的主语位置上。如[18]：

(17) a. 吹得[我‖头昏眼花]。

b. 听得[我‖凄然而又悚然]。

c. 写得[铅笔尖‖都秃了]。

三个例句中虽然都没有主语，但是有“我”，“铅笔尖”这样意念上的主语出现在补语的位置上。姜春华(2005)认同张豫峰的意见，并对主语进行了简单的概括。综合几位学者们的意见，我们就会发现，从词性上看，主语一般由名词性词语充当。笔者以学者们的意见为基础，将其分成如下几点并进行分析。

18 姜春华(2005) p14 例句引用《现代汉语情态补语与程度补语研究》，上海师范大学博士学位论文。

第一，名词性单词或词组出现在主语位置上的句子，让我们来看一下例子。

(18) a. 雪下得[很大]。
b. 他们都观察得[很仔细]。
c. 屋子里摆布得[十分雅致]。
d. 这三位同学读得[不错]。
e. 我的头发、手指甲、脚趾甲都长得[非常快]。

像例(18a-e)，在主语位置上出现了像名词"雪"，代词"他们"，处所名词"屋子里"，名词性数量词短语"这三位同学"或名词性并列短语"我的头发，手指甲，脚趾甲"这样名词性的词语。但是，需要说明的是，此类句子中有些时候没有主语，意念上的主语[19]位于补语的位置。

第二，没有主语出现的句子，让我们来看一下例子。

(19) a. 害怕得[他‖发抖]。
b. 吵得[我‖一夜没睡]。
c. 炎热的夜晚渴得[她‖口干舌燥]。
d. 干了一天活累得[他吃饭拿筷子时胳膊‖都抬不起来了]。

看例文(19a-b)的话，没有主语出现的句子是将不需要宾语的自动词"害怕"，"吵"，用作谓语，"他"，"我"作为意念上的主语使用。例文(19c-d)里"炎热的夜晚"和"干了一天活"虽然位于主语的位置，但是没有用作主语而是作状语使用。上面的句子中意念上的主语是"她"和"他"。

---

19 英语语法中，意念上的主语是指准动词(否定词，分词，动名词)的主语。英语中仅仅只靠准动词是构成不了英语句子的，因为不带有语法上的主语，所以就从意念上指定一个主语关系。但是这里所谓的意念上的主语是指主语并不在主语的位置，没有明确出现的句子中，充当情态补语作用的词组的主语来充当主语的作用，这个主语被称为意念上的主语。

分析例文后的结果，没有主语出现的句子，大部分是不需要宾语的自动词，也有不带有宾语的形容词。主语位置上出现的单词或者词组是表示时间的状语的情况居多。

（二）谓语分析

关于谓语，李临定(1986)就分析得比较详细:“得”前的动词和形容词以单音为多，多音节的较少。

陈建民(1986)也说:“得”前可以是动词，形容词，以单音为主，双音的比较少。聂志平(1992)针对某个动词或者形容词在“得”的前面是否能够用作谓语而做过研究，发现动词不能重叠出现且不具时态标志的作用，受到“很”修饰的形容词是可以作为谓语使用的。

姜春华(2005)在看过关于单音节动词的集中研究后，试着对各种形式的双音节动词，动词性短语进行了研究，她对双音节动词的叙述如下。情态补语的动词谓语都以单音节为多，少数的双音节动词也可以做谓语。双音节必须要是“浑然一体”的，如:“收拾”，“打扫”，“打听”等等，必须较富于口语性，而且动词本身不可以包含某种结果的意思。各个学者们通过研究发现，“得”字的前面一般加动词或形容词，理由有两点。

第一，在“得”字句中“得”与谓语动词结合得非常紧密，为了讲求韵律和和谐，优美，谓语动词以单音节形式出现与“得”合成双音节，从而使句子更顺畅，更具有节奏感。

第二，“得”字句的后段是表达重点，作用在于形象生动的地描写或评议事物的动作或状态，相应地它的谓语中心词就不负担很多的修饰描写功能了。

以对谓词有很深研究的各位学者们的研究为基础，笔者将会综合各位学者们的意见，对和情态补语一同使用的谓词型动词进行研究。

(20) a. 老人对远处的字看得[很清楚]。
  b. 让老百姓吃得[放心]，用得[安心]。
  c. 中国发展得[非常快]。
  d. 他的成绩提高得[很慢]。
  e. 春风吹得[游人醉]。
  f. 说话说得[过多]。
  g. 我把房间收拾得[很干净]。
  h. 我的日程安排得[很紧张]。

查看例句(20a-b)就能发现， 一般动词“看”，“吃”，“用”都可以带对动作进行描写的情态补语。例句(20c-d)中，有些双音节动词，如同例句“提高”，“发展”除此之外“锻炼”，“进行”，“表演”，“回答”，“工作”等，不能带对动作的施事或受事进行说明的情态补语，但可以带对动作进行描写的情态补语。如例句(20e-f)的“吹”，“说”一样能带指向动作的施事或受事的情态补语的动词以单音节的为多。如例句(20g-h)的“收拾”，“安排”一样少数双节动词也可以带此类补语，多为表示动作行为的动词。这样的动词有“打扮”，“糟蹋”，“整理”，“打扫”等。

(21) a. 他的声音大得吓人。
  b. 这月收入少得可怜。
  c. 这个孩子聪明得什么都懂]。
  d. ‘和谐号’舒服得[像坐飞机一样]。

如例句(21a-d)一样，一些学者们觉得单音节“大”和“少”以及双音节形容词“聪明”和“舒服”是可以当做谓词来使用的。还有，除了例句说说到的形容词“老练”，“糊涂”，“热闹”，“激动”，“高兴”，“凉快”，“紧张”，“严肃”等不少双音节形容词都能带描写当事者情态的情态补语。这类形容词还可以带由主谓短语充任的情态补语。“冰凉”，“漆黑”，“雪白”，“逼真”，“狂热”，“杰出”等一样形容词本身包含有程度意义及形象意义的，所以无法使用情态补语的谓词。

像这样在一些学者认为性质形容词就是可以写作情态补语的谓词的研究中已经表明，但是形容词用作情态补语的谓词情况很多，和程度补语在句法上结构相同，为了包含程度，所以笔者认为用作形容词的情态补语也应该归纳到程度补语里面。

(三) 情态补语分析

对于情态补语标记词“得”后成分由哪些词语充当的问题，可以看做有相对充分的研究已经形成。

黎錦熙(1924)说“得”后是副词性的形容词，副词性的短语和副词句。

吕叔湘，朱德熙(1951)认为动词后面用“得”字连接的成分是形容词，动宾短语，动词带附加语，句子形式。形容词后面用“得”字连接的成分是“极”，“透”的副词，动词，动宾短语，句子形式。

李临定(1963)认为“得”字句的补语部分可以是个单个副词，形容词重叠式，形容词组合，动词组合，主谓组合，“像…”字组合，“这样，那样”字组合，四字格，“是”字组合等等。

吕冀平(1983)又作了补充，吕叔湘和朱德熙说到的以外，补语要加结构助词，还有动词，形容词本身还有修饰成分，联合词组，形容词重叠形式。

聂志平(1997)在对大量的语料进行了非常细致的观察后得出“得”字句的补语形式主要有单词(13种)，短语(13种)，复句，零形式。

本文从结构功能的角度入手[20]，要把它分为五种类型：动词或动词性结

20 1916年，Ferdinand de Saussure的《普通语言学教程》出版，标志着结构主义语言学的诞生，其反对对语言现象进行孤立的分析，主张系统的研究。索绪尔语言理论的突出特点是：严格区分语言和言语，明确限定语言学的研究对象；与历时比较语言学相反，结构主义语言学重视共时语言(也就是口语)的研究，特别着重于分析，描写语言的结构系统；从不孤立地看待语言要素，认为语言的一

构，形容词或形容词性结构，主谓结构，固定短语，其它(像…一样，有字句，象声词，代词)等。

1) NP+PV+得+VP(动词或动词性短语)

(22) a. 我们俩整天谈得[尽兴]。
b. 双眼变得[适应昏暗]。
c. 这件事情做得[使人气愤]。
d. 老大娘一时激动得[说不出话来]，不禁老泪纵横。

动词或动词性短语用作情态补语。动词性短语中有偏正式，述宾式，述补式，连动式，兼语式等形式。“NP+PV+得+VP”形式的情态补语表现的是因为动作行为而发生的结果或是与此动作相关联的人或事物的状态。

例(22a)中的“尽兴”是动词，我和朋友谈的程度用“尽兴”来表现。例(22b)中的“适应昏暗”是偏正式动词性短语，对眼睛在黑暗中的变化，用“适应昏暗”来表现。例(22c)中，“使人气愤”是兼语式动词性短语，关于事情的处理所带来的结果用“使人气愤”来表现。例(22d)中的“说不出话来”是述补式动词性短语，感动的程度用“说不出话来”来表现。

2) NP+PV+得+AP(形容词或形容词短语)

(23) a. 车开得[飞快]。
b. 我听得[明明白白]。
c. 他踢得[很漂亮]。.
d. 老师的声音变得[大起来]。
e. 面条擀得[又细又长]。

切都奠定在关系的基础上。

形容词或形容词性短语用作情态补语。形容词短语中有重叠式，偏正式，述宾式，述补式，联合式等形式。“NP+PV+得+AP”形式的情态补语是表现动作行为结果的状态或关于此结果的评价。

例(23a)中，形容词“飞快”用作情态补语。表现对动作“开”的描写。例(23b)中的重叠式形容词性短语“明明白白”用作情态补语。表现关于动作“听”的结果状态。例(23c)中的偏正式形容词性短语“很漂亮”用作情态补语。表现对动作“踢”的评价。例(23d)中的述补式形容词性短语“大起来”用作情态补语。表现对动作“变”的结果状态。例(23e)中的联合式形容词短语“又细又长”用作情态补语。表现对动作“擀”的结果状态。

3) NP+PV+得+S2(主谓结构)

(24) a. 我累得[腰痛]。
  b. 他们跑得[满身都是汗]。
  c. 那个姑娘哭得[眼睛都红了]。
  d. 他看得[连有人进来都不知道]。
  e. 一个闪电照得[这一带的草棚雪亮]。

主谓结构用作情态补语，对因为动作而发生的结果状态进行描写。

例(24a)中，“腰疼”是表示对“累’的动作，使得“我”处于的状态。例(24b)中，“满身都是汗”是对因为“跑”这个动作产生的结果的描写。例(24c)中，“眼睛都红了”是对因为“哭”这个动作产生的结果的描写，描写因为“哭”这个动作而导致那个小姐所处的环境。例(24d)中，描写了因为埋头于“看”这个行为而处于有人进来都不知道的状态。例(24e)中，“这一带的草棚雪亮”是对因为闪电而产生的结果的描写。

4) NP+PV+得+固定短语

(25) a. 她问得[莫名其妙]。
b. 奶奶走得[气喘吁吁]。
c. 大家笑得[前仰后合]。
d. 狂风刮得[天昏地暗]。
e. 这篇稿子涂改得[乱七八糟]。

四字成语或俗语用作情态补语，对动作行为所带来的结果进行简洁明了的评价或描写。例(25a-e)中的“莫名其妙”,“气喘吁吁”,“前仰后合”,“天昏地暗”和“乱七八糟”用作情态补语，各自对“问”,“走”,“笑”,“刮”和“涂改”进行描写。

5) NP+PV+得+其它(像…一样，有字句，代词，象声词)

(26) a-1. 她全身淋得[像水鸡一样]。
a-2. 这孩子笑得[像一朵花一样]。
a-3. 他醉得[像一只找不到方向的野鸽一样]。

上文(26a1-3)像…一样是作为情态补语使用的句子。是使用一种夸张的比喻手法描写动作或者是描写动作行为者的处境情况。

例(26a-1)中, 淋雨的那个女子的模样和“水鸡”一样，多少是使用了夸张的比喻从而展现出动作行为的模样。例(26a-2)中, 孩子笑的样子和“一朵花”一样，使用比喻展现笑的样子。例(26a-3)中, 动作行为者喝醉的样子用“一只找不到方向的野鸽”的表现手法来暗指。

b-1. 你说得[有道理]。
b-2. 他吃得[有学问]。
b-3. 这次活动办得[有意义]。

上文(26b1-3)是将“有字句”用作情态补语的句子。例(26b-1)中，“有道理”用作情态补语，起到了评价谓语动词“说”的作用。例(26b-2)中，“有学问”用作情态补语，起到了评价谓语动词“吃”的作用。例(26b-3)中，“有意义”用作情态补语，起到了评价谓语动词“办”的作用。

c-1. 他长得[什么样子]，我突然想不起来了。
c-2. 你过得[怎么样]？

上文(26c1-2)是代词用作情态补语的句子。例(26c-1)中，代词“什么”是和名词“样子”一起作为情态补语使用，起到了描写谓语动词“长”的作用。例(26c-2)中，疑问代词“怎么样”作为情态补语使用，起到询问对方的近况如何的作用。

d-1. 肚子饿得[咕咕叫]。
d-2. 他把键盘敲得[噼里啪啦]。
d-3. 孩子们把地板弄得[嗵嗵响]。

上文(26d1-3)是象声词用作为情态补语的句子。例(26d-1)中，使用象声词“咕咕叫”来描写肚子饿的状态。例(26d-2)中，使用象声词“噼里啪啦”来描写敲击键盘的状态。例(26d-3)中，使用象声词“嗵嗵响”来描写孩子们蹦跳的状态。

像这样将“像…一样，有字句，代词，象声词”作为情态补语使用，对动作行为者进行评价或描写。

二，语义特征

从句法结构来看，充任情态补语的短语有动词性短语，形容词性短语，主谓短语，固定短语，像…一样，有字句，代词，象声词等等，形式上它们都附于谓语后，补充说明谓语的状态。但从语义关系来说，情态补语并不只是说明谓语。例如：

(27) 妈妈吃得[很快]。

(28) 他来得[不是时候]。

例(27)“很快”和例(28)“不是时候”充任情态补语句子，在形式上都附于谓语后，意义上补充说明谓语的状态。但在语义上，例(27)的语义结构实际是“妈妈吃东西”和“吃得很快”是指向谓语“吃的速度”。例(28)的语义结构实际是“他来”和“来得不是时候”的语义是指向动词谓语“来的时候”。

因为只用句法分析很难对句子进行全面分析，所以学者们不局限于句法分析，关注于语义分析，结果如下。对补语语义指向[21]的认识最早文炼(1960)，李临定(1963)对“得”字补语句的讨论。

范晓(1992)《V得句的‘得’后成分》一文提出六种“得”后补语的语义指向：补语指向V，补语指向V的主题，补语指向V的一部分，补语指向V的客体，补语指向V的客体的一部分，补语指向主题和客体之外的第三者。

赵日新(2001)对“得”字句补语的语义指向，“得”字句的否定等作了考察。

张玉峰(2002)运用三个方面理论对“得”字句的语义指向作了详尽的分析。

所以本小节中根据主语中是否有意义指向，动词中是否有意义指向，“把”字宾语中是否有意义指向来分成三点进行研究[22]，并归纳出了各个代表句型。

---

21 所谓的意义指向是指句法构造的某个成分和意义上其他成分的互相联系。像这样，补语在意义上可以指各种各种如主语，谓词，宾语和其他成分等的句法成分。

22 范晓(1991)《汉语的短语》，中国语文，第3期

(一) 指向主语的情态补语

情态补语是对主语位置上的名词成分(施事[23]或受事[24])的评价或描述。

(29) a. 老师‖气得[直拍桌子]。

b. 我们‖玩儿得[真高兴]。

c. 乞丐‖饿得[骨瘦如柴]。

d. 宋慧桥‖长得[挺漂亮]。

例(29a-d)中的情态补语“直拍桌子”,“真高兴”,“骨瘦如柴”和“挺漂亮”是对动作的主体“老师”,“我们”,“乞丐”和“宋慧桥”进行了描写。所以名词成分都位于主语位置, 以NP施+PV+得+VP/AP的形式来表现。

(30) a. 黑板‖擦得[很干净]。

b. 嘴唇‖咬得[发紫]。

c. 草‖长得[花花搭搭的]。

d. 英语‖说得[越来越流利]。

例(30a)中, 虽然主语的位置上出现了黑板, 但是黑板是受到动作支配的对象。换句话说就是, 因为某人而被擦干净的是出现在主语位置上的黑板。情态补语“很干净”是对黑板被擦程度的评价。例(30b)中, 情态补语“发紫”是描写了嘴唇被什么东西咬得变成了紫色的样子。例(30c)中, 情态补语“花花搭搭”是描写了草长成的样子。

例(30d)中, 情态补语“越来越流利”是对英语说的程度的评价。以NP受+PV+得+VP/AP的形式来表现。这种形式也是名词成分都位于主语位置。

---

23 陈昌来(2003)施事是动作动词的动作行为的发出者。《现代汉语语义平面问题研究》, 学林出版社。

24 陈昌来(2003)受事是动作动词的动作的承受者或接受者。《现代汉语语义平面问题研究》, 学林出版社。

(31) a. 他的头‖被打得[肿了]。

b. 他‖被妈妈臭骂得[很难受]。

c. 犯人的脸‖被我记得[很清楚]。

d. 我脸儿‖被太阳晒得[红彤彤的]。

例(31a-d)中的情态补语“肿了”,“很难受”,“很清楚”和“红彤彤”对虽然不是动作主体，但是位于主语位置的“他”,“他的头”,“犯人的脸”和“我脸儿”进行了描写，是表现因为妈妈的唠叨,“他”无法忍受，挨了某人的打“他的头”肿了,“犯人的脸”准确得留在我的记忆中,“我的脸”被太阳晒的变红了的句子。和被字句一起使用，以NP受+被+V+得+AP/NP的形式来表现。

(二) 指向谓语的情态补语

第一，情态补语表示对谓语动词所表示的动作，行为的评价或判断。例如：

(32) a. 她‖说得[很流利]。

b. 我的男朋友‖乒乓球打得[很好]。

c. 我‖起得[很晚]。

d. 他‖一定跑得[很快]。

例(32a-b)是对动作的评价，补语是形容词词组。说话的行为是结巴还是流利，乒乓球实力是一般还是优秀，对动作或行为进行评价。例(32c)是对“起”的动作进行判断，起的快还是起的慢。例(32d)是对动作的判断，动作前常有主观判断性的能愿动词或副词。动词前面加上“一定”，对他一定会跑得很快的动作，出现了说话者的主观判断。

第二，情态补语对动词呈现的状态进行描写。

(33) a. 她‖吃得[干干净净]。

b. 我们‖玩儿得[高高兴兴]。

c. 他‖字写得[工工整整]。

d. 我‖看得[清清楚楚]。

例(33a-d)中，描写了“吃”，“玩儿”，“写”和“看”动作出现的状态。换句话说就是，食物被干干净净一股脑儿的吃完了，非常快心快乐地玩儿了，字被端正整齐的写了，非常准确得看到某些事物或人或者画面。指向谓语的情态补语以NP+PV+得+AP的形式来表现。

(三) 指向“把”字宾语的情态补语

情态补语是对“把”字宾语的描写或陈述或者说明动作行为所产生的结果。补语是主谓结构与谓语动词在意义上构成因果关系。

(34) a. 他‖把杯子摔得[粉碎]。

b. 他‖把孩子打得[头都破了]。

c. 警察‖把他挤对得[没路了]。

d. 他的行为‖把我搞得[晕头转向]。

例(34a)中的情态补语“粉粹”是对“把”字宾语“杯子”摔碎程度进行了描写。

例(34b)中的情态补语“头都破了”是“把”字宾语“孩子头”的被打程度结果进行了说明。例(34c)中的情态补语“没路了”是描写了“把”字宾语“他”挤的没地方逃。例(34d中)的状态状语“晕头转向”描写“把”字宾语“我”搞的头发晕。

三，语用特征

情态补语是汉语中特有的语法现象，且外语中没有相应的形式。在学习中，掌握其形式并不难，难在掌握了形式后不会运用。情态补语句在话语中常常不是孤立存在的句子，它的出现都有一个语境背景。即，情态补语所要评价，判断，描述的是已经发生或正在发生的动作或事件，以及与此动作有关的施事者或受事者。因此正在发生动作和已经发生的动作是情态补语句出现的语境背景，当我们要对此进行评价，描述时，就使用情态补语句。在实际语言中情态补语句总是与一个叙述动作的句子相呼应。例如：

(35) a. 她笑了，笑得[那么可爱]。

b. 我邀请她跳舞，她跳得[很优美]。

从表达功能上看，情态补语是句子的信息焦点。所以要对动作进行描写，评判时，一般用情态补语。例如：

(36) 这件事他干得[不错]。

上面例句(36)中，情态补语“不错”是句子的信息焦点，为了描写事情做得好或者不好而写的。有情态补语的句子，全句的重心在补语部分，谓语动词或形容词前一般不再出现描写性状态和程度副词。例如：

(37) a.*他‖拼命地跑得[很快]。

b.*她‖非常高兴得[哈哈大笑]。

在句子中心是情态补语的句子里，像例句(37a)或(37b)，状语“拼命地”或程度状语“非常”不能用在谓语动词或形容词前面。如果表达上需要，也得分两个小句说。例如:

(37)′a. 他‖拼命地跑，跑得[很快]。

b.她‖非常高兴，高兴得[哈哈大笑]。

语用分析与其它句法分析及语义分析最大的不同在于，它把语言放在语言与人，语言与人使用的语言环境中考察，因此，无论分析语言的哪一部分，无论用什么分析方法，只要把被分析的语言现象放到使用过程中，涉及语言的使用者和使用环境就是语用分析。情态补语的语用特点主要体现在以下三个方面。

(一) 主题和评论[25]

大部分“得”字情态补语在语用上都属于主题句，所谓的主题句就是包含“主题+评论(=述题)”两大部分，是句子的语用结构。有的时候句子的主题是主语，评论(=述题)是谓语。补语作为在属于评论(=述题)的句子中的重要组成部分，是传递信息的重点。例如：

(38) 老师说得很慢。

例(38)中的“老师”是主语又是主题，因为动词谓语“说”在语义上跟“老师”有直接的语义关系。位于句子的最前面，既是句子中受到议论的对象，也是话者和听者互相已经筑底的对象。像这样，因为满足了所有成为主题句的条件，所以这个句子中的“老师”既是主语的同时，也是主题句。例(38)中的主题和主语重合，评论(=述题)和谓语重合。但是也有主题和主语不重合的现象。例如：

(39) a. 这个事件，警察解释得很详细。

25 Yun-wonreung(2009) 句子的每一个成分都传达某一种“讯息”，一个句子中通常有主题(Topic, 话题)和评论(Comment, 述题)。主题是句子叙述的起点，是句子探讨的对象，代表着说话者和听话者共知部分(已知的旧信息)。而评论是对主题说明的部分，对主题或作叙述，或作描写，或作解释，或作评议，一般是说话者和听话者未知的部分(重要的新信息)。因而主题-评论结构是句子的语用结构。依照“从旧信息到新信息”的语用原则，主题经常出现在评论的前面，即，句首的位置；而评论可以包含主题，所以主题又经常出现在主语的前面。主题和主语是两个不同的概念。主题是句子讨论的对象，它是与评论相对而言的，是属于语用平面上的概念；主语是跟该句动词维持有行为或存在关系的名词片语，它是与谓语相对而言的，是属于句法平面上的概念。《汉语‘得’字补语句之教学语法排序研究》，전북대학교 박사학위논문

b. 这个问题，老师说得有道理。

例(39a-b)的主题和主语不相重合，主题“这个事件”和“这个问题”从句法结构上看是状语，从语用层面上看是主题。这里的主题是“这个事件”和“这个问题”，但是主语是“警察”和“老师”。由此可知，主语在语用上常表现为主题，但是主题不一定都由主语表示，两者并不对应。

(二) 表达重点和焦点

“得”字补语句的语用结构包含主题和评论(=述题)。一般而言，主题是“得”字补语句的已知信息，评论是“得”字补语句的未知信息，也是“得”字补语句的表达重点和焦点。例如：

(40) a. 他摔得[怎么样]？

他摔得[很严重]。

b. 你休息得[怎样]？

我休息得[很好]。

例(40a-b)中的情态补语“怎么样”和“怎样”是未知信息，“得”字补语一般用在疑问名词“怎样”，“怎么样”，可以单独问跟回答，那个回答里有句子的焦点。表达中心就在情态补语“很严重”和“很好”上。更具体表现在以下几个方面：

第一，谓语动词或是形容词加上“得”之后就失去了孤立性，换句话说，没有补语就站不住。VP在表达上是不可少的。例如：

(41) a. 她在那儿等他的男友。

b. *她在那儿等得他的男友。

例(41a)是完整的句子，但是例(41b)好像话题似乎还没结束。因为“PA得”的焦点在其后的VP上，必须说明“她在那儿等他的男友，等得他的男友怎么样？”，听的人才能满意。

第二，从提问方式看，一般句子可以针对谓语提问，而“PA得”句则往往只针对VP提问，“PA得”句重点是回答“V得怎么样”的问题。例如：

(42) A：太阳晒得人怎么样?

B：太阳晒得人好热。/ 好热。

虽然两种回答都可以使用，但是“PA得”句重点在于回答“V得怎么样”上，因此，例句(42)中，前面部分“太阳晒得人”省略，直接回答“好热”也可以。

第三，否定词“不”可置于补语上，不可以置于谓语动词或形容词前。

(43) a. 作家写得[不好]。

b. *作家不写得好。

例(43a)是正确的句子，例(43b)是错误的句子。这里因为是想知道作家写的怎么样，也就是说好或者不好，所以否定词“不”不是在谓语前面而是在情态补语的位置上。因为“得”后才是句子新信息的语义中心，是人们关注的焦点。

(三) 语境背景

情态补语的出现都有一个语境背景。情态补语所要评价，判断或描述的是已经发生或正在发生的动作或事件，以及与此动作或事件相关的人或误(施事或受事)。

换句话说，动作或事件的已经发生或正在发生是情态补语句出现的前提条件。例如: (44) 走得快。/ 走得不快。只有我们看见过或看见了某人在走或了解过某人走的记录，我们才可以能去评价他“走得快”还是“走得不快”。

2.1.2. 程度补语

2.1.2.1. 程度补语的概念

程度补语(Degree Complement)是指位于形容词或心理动词之后的，是说明谓语的程度或者事物的性质或状态到达的程度而出现的。其形式标志是在谓语形容词或心理动词和补语之间有一个结构助词“得”[26]。程度补语的结构如下：

NP(主语) + PA/PV心理(谓语) + 得 + DC(程度补语)
他 高兴 得 不得了

这个句子“不得了”是程度补语，是体现“高兴”的程度。

2.1.2.2. 程度补语的特征

一，句法特征

程度补语是指用在形容词或心理动词谓语之后，表示所达到的程度的一类补语。程度补语有带“得”字的和不带“得”字的。因为本论文以关于“得”字补语的研究为目标，所以这里只针对“得”字的格式进行讨论。

图表3. 程度补语的三个类型

A类	没有“得”的	极，死，透，多，远，坏，着了，去了等等
B类	用“得”连接的	很，多，慌，要死，要命，厉害，不行，不成，可以，邪乎，够呛，够受的，不得了，了不得，没治了，什么似的等等
C类	用“得”连接的	短语或小句

26 是综合朱德熙，吕叔湘，胡裕树，邵敬敏等学者的意见。

程度补语根据意义命名，指情况或者动作到达程度的严重。程度补语出现的意义主要是表现程度的严重，姜春华(2004)为了完善既存的程度补语研究主要表现程度深重的这个缺点，将表达程度低下的否定数量词归纳到了程度补语里。例如，

(45) a. 小王的成绩高[一点]。小王의 성적이 좀 높다.
小王的成绩 一点 高
b. 她现在舒服[一些]了。그녀는 지금 좀 편해졌다.
她 现在 一些 舒服了
c. 大家安静[一点]。모두들 좀 조용히 하세요.
大家 一点 安静

但是，根据董宁(2005)的程度补语只是表现程度的深重，并不表现同一的程度和比较低下程度的这个意见，笔者认为用作程度补语的口语大部分基于谓词性，数量词用作补语就应该把数量词归类到数量补语，因此，将否定数量词用作补语这个归纳到数量补语里更加确切，所以否定数量词将不会包含在程度补语中。

除去不合“得”一起使用的A类程度补语，对B类和C类进行分析如下

① B类“NP+PA+得+Adv”：在“NP+PA+得+Adv”结构中由“很，多，慌，要死，要命，厉害，不行，不成，可以，邪乎，够呛，不得了，了不得，没治了，什么似的”等词语充当的补语。

② C类“NP+PA+得+C(VP/AP/S2/固定短语)”：在“NP+PA+得+C”结构中由“动词，形容词和形容词短语，偏正短语，谓语短语，述补短语，联合短语，主谓短语，固定短语”等谓语性成分充当的补语。程度补语也是在观察与韩语句子成分之间的对应关系时，并不能仅仅只局限于句子成分进行分析，为了了解句子整体是如何对应的，不仅是程度补语句子的程度补语分析，

主语和宾语的分析也包含在研究范围之内。

(一) 主语分析

情态补语和程度补语研究的重点在于补语，所以对补语以及和补语有着密切联系的谓语这两部分的研究非常充分的开展着，但是相对来说，关于主语的研究则并没有很多。让我们来看看下面的例子。

(46) a. 我羞愧得要命。

b. 手术部位还疼得了不得。

c. 两人紧张得不敢吐气。

d. 非洲的小女孩子饿得瘦瘦的。

例句(46a-d)中，代词“我”，名词“手术部位”，数量名词“两人”，名词词组“非洲的小女孩子”等都位于主语的位置。可以看到如同情态补语一样，程度补语果然也是主语位于句子的最前面，大部分名词或名词词组充当其作用。

(二) 谓语分析

“NP+PA+得+DC”结构中“得”前的谓语只能是两类词：

一类是表示事物属性的性质形容词[27] 以对性质或者情况的评价或者判断的意义出现，中心词通常包含原因，补语出现的结果的意义。

(47) a. 今年夏天热得要命。

b. 菜的味道好得不得了。

c. 今天的表演精彩得很。

27 表示事物属性的性质形容词，包括单音节形容词和一般的双音节形容词。
例如，好，长，短，高，低，矮，宽，窄，肥，胖，瘦，大，小，多，少，远，近，重，轻，难，听，难看，可恶，可笑，讨厌，自私，固执，顽固，反动，糊涂等

d. 讨厌得真厉害。

例(47a-d)中的“热”，“好”，“精彩”，“讨厌”的性质形容词作谓语。

另一类是表示人的心理动词[28] 和感受动词[29]，本来的单词意思毫无关系的所有程度的表达。例如：

(48) a. 干的事叫人恨得要死。

b. 他爱我爱得厉害。

c. 她生气得别过头气。

d. 他害怕得要死，家也不敢回。

e. 两人紧张得不敢吐气。

例(48-d)中的“恨”，“爱”，“生气”，“害怕”或“紧张”类似的心理动词用作谓语。能带程度补语的形容词谓语和心理动词主要以单音节性质形容词为多，双音节必须是“意义单一”不能分析的“糊涂”，“聪明”，“热闹”等词语。

(49) a. *树干笔直得很。

b. *我的手脚冰凉得厉害。

上面例句(49a-b)像“笔直”，“冰凉”本身含有程度意义的状态形容词一般不能带程度补语。状态形容词以外非谓形容词[30] 也不能带程度补语。

汉语的词类中只有形容词和心理动词的性质和状态才有“程度”可言，所以可以受程度副词“很”的修饰[31]。例如：

---

28 表示人的心理动词。例如，爱，恨，想，盼，急，同情，生气，反对，尊敬，伤心，满意，明白，相信，喜欢，失望，高兴，希望等

29 马庆株(1992)本来多是表示动作的，这些动作施之于人，产生感受，这些感受仍用同一个词来表示。例如，吵，闹，震，薰，磨，吹，裂，压，顶，挤，冻，冰，烧，晒，烫，烤等《汉语动词和动词性结构》，北京语言学院出版社。

30 刘月华等(2002) 非谓形容词述语只用来修饰名词，不能充任述语和补语。《实用现代汉语语法》，商务印书馆。

31 Yun-wonreung(2010)《汉语“得”字补语句之教学语法排序研究》，전북대학교 박사학위논문.

(50) a. 志永很高兴。(形容词)

b. 爸爸很忙。(形容词)

(51) a. 容赫很喜欢我。(心理动词)

b. 我很感激池老师。(心理动词)

又如：

(50)′ 志永高兴得跳了起来。

爸爸忙得没时间吃饭。

(51)′ 容赫喜欢得要命。

我感激得流了眼泪。

例(50)中的“高兴”,“忙”是形容词，例(51)中的“喜欢”,“感激”是心理动词，因此例(50)′,(51)′中的“跳了起来”,“没时间吃饭”,“要命”,“流了眼泪”是补充说明，就是“高兴”,“忙”,“喜欢”,“感激”的程度，所以我们将形容词和心理动词谓语加上“得”字引进的补语称之为程度补语。

(三) 程度补语分析

① B类“NP+PA+得+Adv”: 由“很，多，慌，要死，要命，厉害，不行，不成，可以，邪乎，够呛，不得了，了不得，没治了，什么似的”等词语充当的补语。

(52) 今年冬天冷得[很]。

例句(52)中,“很”起到对谓语形容词“冷”的修饰作用，表现冷的程度之深。“很”字在句中可以用在好的事情上，也可以用在不好的事情上。用作程度副词，起到修饰形容词的作用 用作程度补语，起到修饰谓语的作用。在用程度补语的时候，在形容词后， 也可以用在出现心理状态和感觉的动词后面。

(53) 我觉得累得[慌], 歇会儿吧。

例句(53)中, “慌” 起到对谓语形容词 “累” 的修饰作用, 表现了疲劳的极其严重。“慌” 作为表示肉体上, 心灵上都无法承受的单词, 主要用在表示不太好的感觉的动词后。

(54) a. 心里想得[要命]。

b. 外边热得[要死], 别出去了。

例句(54a)中, “要命” 是起到对谓语动词 “想” 的修饰作用, 体现了想法的急切。

例句(54b)中, “要死” 是起到对谓语形容词 “热” 的修饰作用, 体现了天气的非常炎热。“要命”, “要死” 作为表现情况或状态达到最高点的程度补语, 主要用在出现心理状态和感觉的动词后面, 大部分表达否定意思。

(55) a. 这个孩子闹得[了不得]。

b. 他难过得[不得了]。

c. 我气得[不行]。

d. 你真糊涂得[可以]。

例文(55a)中, “了不得” 用作修饰作为谓语动词 “闹” 的作用, 描写十分吵闹的状态。例文(55b)中, “不得了” 用作修饰谓语动词 “难过” 的作用, 描写十分悲伤的状态。例文(55c)中, “不行” 不是不行的意思, 而是用语言来体现程度之深, 修饰谓语动词 “气”, 描写发了很大的火的状态。例文(55d)中, “可以” 不是可以的意思, 而是用作程度补语来表现 “厉害” 的意思, 修饰谓语形容词 “糊涂”, 描写脑子非常的愚笨。“了不得”, “不得了”, “不行”, “可以” 用在口语中, 被用作严重, 受不了的意思。“不得了” 可以用在形容词后, 也可以用在出现心理状态和感觉的动词后。“不行” 主要用在出现感觉和心理状态的形容词和动词后。“可以” 本来就是 “行” 的意思, 用作程度补语时,有时具有讽刺意义。

(56) a. 别仗着盘儿亮, 就傲得[什么似的]。

b. 这玩具孩子喜欢得[不成]。

看例句(56a)的话,“什么似的”是用作具有“完全地,真正地,非常”意思的程度补语,修饰谓语形容词“傲”,表达非常爱逞能的状态。例文(56b)“不成”作为和“不行”意思相同的程度补语,修饰谓语动词“喜欢”,描写孩子非常喜欢玩具的状态。虽也可用作褒义,但是大部分都被用作贬义。

(57) a. 刚才这个辣椒把我辣得[够呛], 眼泪都出来了。

b. 今天的路不好, 又坐一辆小车, 颠得[够受的]。

c. 今天冷得[邪乎]。

d. 我肚子疼得[厉害]。

例句(57a)中,“够呛”以“吃力,受不了”的意思用作程度补语,修饰谓语形容词“辣”,表达辣到流眼泪无法忍受的意思。例文(57b)中,“够受的”以“不能忍受,吃力,快死了”的意思用作程度补语,修饰谓语动词“颠”,表达车晃得非常厉害的状态。例文(57c)中,“邪乎”以“程度很深”的意思用作程度补语,修饰谓语形容词“冷”,表达非常冷的意思。例文(57d)中,“厉害”以“非常的,极度”的意思用作程度补语,修饰谓语形容词“疼”,表达肚子非常痛的意思。“够呛”,“够受的”,“厉害”都主要用于口语,表示程度很深,带有很难忍受,坚持的意思。“邪乎”和“厉害”意思相同,主要是北方方言中口语的一种表达方式。

(58) 女性的工作量比男性多得[多]。

例句(58)中,“多”是“非常”的意思,作为程度补语对谓语性形容词“多”进行修饰,表现了女性工作量更加多的内容。“多”用于比较,表示程度很深。常用在前面有“比…”的“得”字补语句。以“多得多”的形态来表达，表现了程度的更上一层楼。

以上面例句为基础所分析的结果来看，这种类型的补语有几个特征。就是形式上比较固定，程度补语不能扩展，没有相应的否定式，数量上有限，充当这类补语的词语基本上可以一一列举。

② C类“NP+PA+得+C(VP/AP/S2/固定短语)”:由“动词，形容词和形容词短语，偏正短语，述宾短语，述补短语，连动短语，联合短语，主谓短语，固定短语”等谓语性成分充当的补语。

(59) a. 老虎饿得[发慌]。

b. 她痛得[直打滚]。

例句(59a-b)中,动词“发慌”，“直打滚”直接用作描写程度的程度补语。例句(59a)中，修饰谓语形容词“饿”,表现了老虎饿得程度很深。例句(59b)中，修饰的是谓语形容词“痛”，表现痛的程度深，都痛到骨碌骨碌滚起来的程度了。一般来说动词用作补语，表示程度深，以致产生的结果。

(60) a. 非洲的小女孩子饿得[瘦瘦的]。

b. 这个苹果熟得[鲜红鲜红的]。

例句(60a-b)中，形容词“瘦瘦的”和形容词短语“鲜红鲜红”用作直接描写程度的程度补语。例句(60a)中，修饰谓语形容词“饿”，用瘦瘦的补充说明非洲小女孩饿得程度。例句(60b)中，修饰谓语形容词“熟”用“鲜红鲜红”补充说明苹果熟的程度。一般来说形容词或者形容词短语是补充说明谓语出现的程度。

(61) 肚子饿得[咕咕叫]。

例句(61)中，以偏正结构形成的程度补语“咕咕叫”修饰了谓语形容词“饿”，对于肚子饿得程度结果进行描写。

(62) 她急得[涨红了脸]。

例句(62)中，以述宾结构形成的程度补语“涨红了脸”修饰了谓语形容词“急”，描写了急的程度。

(63) 妈妈着急得[跺脚]。

例句(63)中，以述补结构形成的程度补语“跺脚”修饰了谓语心理动词“着急”，描写了心里着急的程度。

(64) 他气得[摔下书包走了]。

例句(64)中，以两个动作连接起来的连动结构形成的程度补语“摔下书包走了”，修饰了谓语心理动词“气”，描写了生气的程度。

(65) 她气得[又要哭又要笑]。

例句(65)中，以联合结构形成的程度补语“又要哭，又要笑”修饰了谓语心理动词“气”，描写了生气的程度。

(66) 我累得[腰痛]。

例句(66)中，以主谓结构形成的程度补语“腰痛”，修饰了谓语形容词“累”，描写了累的程度。主谓短语表示某种性质或是某种行为状态达到很高的程度，以致于产生某种结果。

(67) 他凶猛得[出人意料]。

例句(67)中，以固定结构形成的程度补语“出人意料”修饰了谓语形容词

“凶猛”，描写了凶猛的程度。固定短语表示某种性质达到很高的程度。

根据上面例句分析的结果，这种类型的补语有几个特征。就是形式上比较自由，程度补语可以扩展，没有相应的否定式，数量上无限，充当这类补语的词语无法一一列举。

二，语义特征

(一) 指向主语的程度补语

程度补语对主语位置上的名词性施事成分进行描写和说明，例如：

(68) a. 我的脑袋痛得[几乎要裂]。
  b. 她们荒唐得[不知所措]。
  c. 他高兴得[又唱又跳]。
  d. 他的房间干净得[一点灰尘都没有]。

例(68a)中，程度补语“几乎要裂”是对位于主语位置的“我的脑袋”的疼痛程度进行说明。例(68b)中， 程度补语“不知所措”是对“她们”荒唐的样子进行描写。

例(68c)中，程度补语“又唱又跳”是对心情很好的“他”所做的行动的描写。例(68d)中，程度补语“一点灰尘都没有”是对“他的房间”的干净程度进行描写。

(二) 指向谓语的程度补语

表示形容词与心理动词的程度，例如：

(69) a. 我们渴得[厉害]。

b. 真是好得[不得了]。

c. 天空变成黑很黑，黑得[可怕]。

d. 看她的脸，那么红，红得[像苹果一样]。

例(69a)中，程度补语“厉害”是对谓语形容词“渴”的程度进行描写。例(69b)中，程度补语“不得了”是表现了用作谓语的形容词“好”的程度。例(69c)中，程度补语“可怕”是对谓语性形容词“黑”的程度进行描写。例(69d)中，程度补语“像苹果一样”是对她的脸红的程度进行描写。

(三) 指向“把”字宾语的程度补语

程度补语对“把”字宾语进行描写或陈述，表示某物使得某人受到的影响达到了什么程度了，一般用“NP+把+N+PA+得+C”形式来表达。例如：

(70) a. 今天的活儿把我累得[四脖子汗流了]。

b. 这一场病把他瘦得[像人灯似的了]。

c. 爸爸的一句话把妈妈气得[说不出话来]。

例(70a)中，程度补语“四脖子汗流了”是对“把”字宾语的“我”因为“活儿”累的程度进行说明。例(70b)中，程度补语“像人灯似的了”是对“把”字宾语的“他”因为“一场病”瘦的程度进行说明。例(70c)中，程度补语“说不出话来”是对“把”字宾语的“妈妈”因为“爸爸的一句话”生气的程度进行说明。

三，语用特征

程度补语的语用特点主要体现在以下三个方面。

(一) 主题和评论

在语用平面上，大部分“得”字程度补语在语用上都属于主题句，所谓的主题句就是包含“主题+评论(=述题)”两大部分，是句子的语用结构。有的时候句子的主题是主语，评论(=述题)是谓语。例如：

(71) a. 她急得眼蓝。
b. 我的爷爷老得不能动。
c. 孩子饿得实在挺不住了。
d. 工作的人多得不得了。

例(71a-d)中的“她”，“我的爷爷”，“孩子”，“工作的人”是主语，因为形容词谓语“急”，“老”，“饿”，“多”在语义上跟“她”，“我的爷爷”，“孩子”，“工作的人”有直接的语义关系。而“她”，“我的爷爷”，“孩子”，“工作的人”也是主题，因为它满足了所有作主题的条件。换句话说“她”，“我的爷爷”，“孩子”，“工作的人”位于句子的最前面，是句子议论的对象，也是说话者跟听者互相已经知道的对象。像这样，因为满足了所有成为主题句的条件，所以这个句子中的“她”，“我的爷爷”，“孩子”，“工作的人”既是主语的同时，也是主题句。因此，例(71a-d)中的主题和主语重合，评论和谓语重合。但是，也有主题和主语不重合的现象。例如：

(72) a. 自从有了你，我幸福得好似在天上飘。
b. 结婚当天，他们忙得跑进跑出。

例(72a-b)的主题和主语不相重合。主题“自从有了这你”，“结婚当天”处在主谓句的外层，从句法结构上看都是状语，从语用层面上看都是主题。这里的主语是“我”和“他们”。由此可知，主语在语用上常表现为主题，但是主题不一定都有主语表示，两者并不对应。

(73) 她惊得[白了脸]。

(74) 她惊得[脸白了]。

例(73)中的动宾短语“白了脸”作补语，是对一个事件的简单描述，它在全句作评论的一部分，全句的主题是“她”。例(74)中的主谓短语“脸白了”作补语，这种表现形式比例(73)的“白了脸”更凸现谓语所陈述的事物，它在全句仍做评论的一部分，全句的主题还是“她”，而且补语本身也是个主题-评论，因为“脸”是“白”的陈述对象，所以例(74)有两个“主题-评论”，但是这两个“主题-评论”处于不同层次。例(73)我们可以分析一个层次，就是主语“她”在语用上表现为全句主题，谓语“惊得白了脸”表现为全句的全句的评论。但是，例(74)就可以分析为两个层次，主语“她”在语用上表现为全句主题，谓语“惊得脸白了”表现为全句的评论；而位于“得”后，由主谓短语充任补语的“脸白了”中，主语“脸”表现为句中的主题，谓语“白了”表现为句中的评论[32]。

(二) 表达重点和焦点[33]

我们在前一节中也讨论到，在主题和评论关系上，主题传达的是已知的旧信息，评论传达的是新信息，因此评论通常是句子的表达重点。根据范晓(1996)表示，由于“得”前的PA具有已发生的性质，“得”后的VP才是新信息，所以VP才是全句的焦点，“PA得”句式在表达上具有前轻后重的特点。具体表现在以下几个方面：

32 张豫峰(2001)《“得”字句中‘得’谓语性成分的考察》，柳州职业技术学院学报。

33 范晓(1996) 表达重点是指句法结构中由于表达需要而着重说明的成分。表达重点跟结构中心有区别，结构中心属于句法平面，而且是固定的，如定心结构和状心结构的结构中心都在中心语上，动宾结构和动补结构的结构中心都在动词上；表达中心则属于语用平面，一个句法结构在具体句子里哪个句法成分属于表达中心决定于句子的表达意图。一般地说，句法结构的非结构中心在具体句子里常是表达重点，即定语，状语，宾语，补语常是表达重点。但是结构中心有时也可以成为表达重点。例如，如果问“他饿得怎么样？”回答说“他饿得说不出话。”，表达重点是在补语上；如果问“他饿吗？”回答说“他很饿。”，表达重点在形容词上了。《三个平面的语法观》，北京语言学院出版社。

第一，形容词加上“得”之后就失去了独立性，换句话说，没有补语就站不住。例如：

(75) 我很累。

(76) *我累得。

例(75)是完整的句子，但是例(76)似乎像是还没把话说完。因为“PA得”句的焦点在VP上，必须说明“我累得怎么样？”，听的人才能满意。因此，VP在表达上不可少的。如前说述，“PA得”句后的“VP”是新信息着重表达的内容，是全句焦点，因此不能省略。例句(76)为了形成完整的句子，像“我累得一步也挪不动了”一样，需要对“累到何种程度”进行描写。

第二，从提问方式看，一般句子可以针对谓语提问，而“PA得”句则往往只针对VP提问，“PA得”句重点是回答“PA得怎么样”的问题。例如：

(77) A：这件事累得你怎么样？

B：这件事累得我说不出话来。/ 说不出话来。

例句(77)中，说话者想知道的是“累得你怎么样？”，所以回答的时候可以省略PA得前面的部分，只回答后面的部分。

第三，从否定词“不”可置于补语上，不可以置于PA前。试着与下面句子进行比较。

(78) a. 他老得[不快]。

b. 这个东西苦得[不好吃]。

(78)′ a. *他不老得快。

b. *这个东西不苦得好吃。

例句(78a)中，因为有他因为老了行动快或慢这个焦点，所以否定词“不”不是谓语，而应该是位于程度补语句焦点的补语上。例句(78b)中，这个食物很苦，味道如何，即因为有好不好吃这个焦点，所以“不”应该位于补语位置。因此，这可以说明“得”后才是句子新信息的语义中心，就是人们关注的焦点。

(三) 语境背景

“得”字补语句不是孤立存在的，它的出现往往有一个上下文的语境。这个语境背景就是“得”字补语句所要评价，判断或是描写的是已经发生或正在发生的动作或事件，以及与此动作或事件相关的人或物(施事或受事)。

换句话说，动作或事件的已经发生或正在发生，是“得”字补语句出现的前提条件。例如:

(79) 忙得快乐。/ 忙得不快乐。

只有我们看见过或看见了某人很忙，我们才可以去评价他“忙得快乐”还是“忙得不快乐”。

使用“得”字补语句的这一条件，决定了“得”字补语句使用上的一个特点，即“得”字补语句与某个叙述前提条件的句子称之为“相呼应”。

2.2. 本章小结

本章分析了“得”字结构中的情态补语和程度补语。将“得”字补语句分为“得”前为动词谓语的情态补语和“得”前为形容词谓语和心理动词谓语的程度补语。并根据情态补语和程度补语的结构特点，分析了它们在句法，语义，用上的特点。把情态补语和程度补语的特征进行简单概括的话就如下所表达的内容。也发现了除前面所言及的内容外，新追加的几个内容的存在。

先来看一下情态补语的特征。

(一) 从句法结构上看，有如下几个特征。

第一，情态补语的中心语谓语为行为动作动词，其形式标志是在动词和补语之间一般带“得”字或带“个”字。即: ①“NP+PV+得+SC”的结构，简称为带“得”的情态补语；②“NP+PV+个+SC”的结构，简称为带“个”的情态补语。情态补语一般充当名词或者名词性语句，位于句子的最前面。情态补语的谓语用于一部分形容词，但是归纳于程度补语变得更加有意义，大部分充当动词或者动词性语句。情态补语内部结构就复杂得多，可以由动词或动词性结构，形容词或形容词性结构，主谓结构，固定短语，其它(像…一样，有字句，象声词，代词)等。

第二，形容词充任情态补语时，前面一般加“很”。这一“很”表示程度的作用很弱，不表示多少实际意义。只有在对举，对比的句子里才能单独作情态补语。

(80) 她学得[很好]。

(81) 我学得好，他学得[不好]。

例句(80)中，“很”不是说她学习非常好，而是为了具备形式而必需要的要素。像例句(81)中，我和他的学习，也就是说比较成绩的时候，“很”不用也没有关系。

第三，情态补语前的谓语通常可以去掉，可以用来单独回答问题，由形容词充当的情态补语可以移到谓语前作状语。例如：

(82) A：他跑得快吗？

B: 很快。

A：对方回答得强硬吗？

B：很强硬。

例句(82)中，不用谓语动词“跑”，“回答”，而是可以用“很快”，“很强硬”这种程度补语单独回答，像例句一样，把形容词用作补语的情况，那个形容词能在动词前面像状语一样使用。

(二) 从语义上看，有如下几种特征。

第一，语义指向哪个成分，根据那个成分怎样评价，判断，描写的不同，分成主语，谓语，“把”字宾语三部分来分析。

第二，情态补语很少用疑问形式，很少针对情态补语来提问。语义指向谓语动词的情态补语可以针对补语提问，也可以用正反疑问句来提问。

(83) 他起得[晚吗]？

他起得[晚不晚]？

例句(83)中，因为语义指向有谓语动词“起”，所以能作为疑问形式来问。

第三，情态补语语义指向谓语动词的情态补语常用肯定形式，但是否定形式也不少见。只有语义指向动作的可以有否定形式。

(84) 肯定：他起得[很晚]。

否定: 他起得[不晚]。

例句(84)中，因为语义指向有谓语动词“起”，所以这种情况下，肯定形式和否定形式都能用。

(三)从语用上看，情态补语是句子的信息焦点，所以要对动作进行描写，评判时一般用情态补语。有情态补语的句子，全句的重点在补语部分，谓语动词或形容词前一般不再出现描写性状语和程度副词。如果表达上需要，也得分两个小句说：

(85) 这件事他干得[不错]。

(86) *孩子拼命地跑得很快。/ 孩子拼命地跑，跑得很快。

例句(85)中，判断他事情做得好或不好是这个句子的焦点，所以情态补语“不错”成为了句子的焦点。像例句(86)一样，句子的重点在补语“很快”的情况下，动词“跑”前面不能用描写型的状语“拼命地”，如果要用的话，就得分成两个句子来表达。

接下来整理一下程度补语的特征。

(一)从句法结构上看，有如下几个特征。

第一，程度补语可以分为两类。

(1) NP+PA+得+Adv: 在“NP+PA+得+Adv”结构中由“很，慌，要死，要命，厉害，不行，不成，可以，邪乎，够呛，不得了，了不得，没治了，什么似的”等词语充当的补语。这类补语的特点就是形式上比较固定，程度补语不能扩展，没有相应的否定式，数量上有限，充当这类补语的词语基本上可以一一列举。

(2) NP+PA+得+C(VP/AP/S2/固定短语): 在“NP+PA+得+C”结构中由“动词，偏正短语，谓语短语，述补短语，联合短语，主谓短语，固定短语”等谓语性成分充当的补语。这类补语的特点 就是形式上比较自由，程度补语可以扩展，没有相应的否定式，数量上无限，充当这类补语的词语无法一一列举。程度补语的主语大部分由名词或名词性语句来充当，位于句子的最前面，程度补语的谓词大部分由形容词或心理动词充当。

第二，程度补语没有相应的否定式。用作程度补语的词汇其意义大都与其基本意义有些距离，都有表示“程度高”的意思。这种补语已经承认相当高的程度，就很难再否定。例如：

(87) a. 房子打得很。/ *房子打得[不很]。

b. 天气热得要命。/ *天气热得[不要命]。

例句(87)中，因为“很”或“要命”已经是变现程度之高的单词了，所以不能用做否定形式。

第三，程度补语“很”的程度高于作状语的“很”。汉语中“很”既可作补语，也可作状语。但是作补语的“很”表示的程度之高远远超过作状语的“很”所表示的程度。因为补语是语义重点，汉语有“表达重点在后”的语用规律，所以用补语比用状语在程度上的表现力更强。

(88) a. 她最近很忙。

b. 她最近忙得很。

例句(88a-b)中，查看例(88a)和例(88b)的差异就能发现，例(88a)的情况是用作状语，而例(88b)的情况是用作补语，例(88b)表现的程度更加深。

第四，程度补语不能单独说，不能单独用来回答问题；由形容词充当的程度补语 也不能移到谓语前作状语。例如：

(89) A：哎，张三，忙得够呛吧？

B: 忙得够呛。/ *够呛。

A：你不是嫌屋里闷得慌吗？

B：是闷得慌。/ *慌

例句(89)中也可以看到，程度补语和情态补语一样，无法单独使用，状语也无法使用。

(二)从语义上看，根据语义指向何种成分，如何解释描写那个成分的不同，分成主语，谓语，“把”字宾语三个部分进行分析。

(三)从语用上看，程度补语是句子的重点，程度补语与谓语之间隐含着一种因果关系。在NP+PA+得+DC(VP/AP/S2/固定短语)程度补语结构中，大部分形容词或心理动词谓语往往表示原因，“得”字后的补语表示结果。这些句子都可以去掉“得”字后转换为“因为…，所以…”连接的复句。

(90) a. 她急得哭了。→ 因为她着急，所以哭了。

b. 肚子饿得咕咕叫。→ 因为肚子饿，所以咕咕叫。

例句(90a-b)中也可以知道，形容词“急”，“饿”表示原因，程度补语“哭了”，“咕咕叫”表示结果。它们可以以表现所有因果关系的复句形式来出现。

从句法上来看，情态补语在以动作动词为中心词时，补语的意义主要在于动作的结果，评价，判断等。程度补语在以形容词，心理动词或者感觉动词为中心词时，补语的意义主要在于程度。因此，情态补语和程度补语不仅中心词不同，后面出现的相关意义也有所不同。但是，并不是所有的程度补语和情态补语都是这样的，根据情况的不同，有时明明是程度补语的结构但它却是情态补语，有时是情态补语却用作程度补语，甚至还有程度和状态兼有的情况。

图表4. 情态和程度补语三个平面理论分析结果

<table>
<tr><th></th><th>情态补语</th><th>程度补语</th><th>备注</th></tr>
<tr><td rowspan="2">句法分析</td><td>NP+PV+得+SC</td><td>NP+PA/PV心理+得+DC</td><td rowspan="2">形式上，情态补语和程度补语的大差异点在“谓词”。
情态补语的谓词是动词，而程度补语的谓词是形容词和心理动词。</td></tr>
<tr><td>① NP+PV+得+VP
② NP+PV+得+AP
③ NP+PV+得+S2
④ NP+PV+得+固定短语
⑤ NP+PV+得+其它</td><td>① NP+PA/PV心理+得+Adv
② NP+PA/PV心理+得+VP
③ NP+PA/PV心理+得+AP
④ NP+PA/PV心理+得+S2
⑤ NP+PA/PV心理+得+固定短语</td></tr>
<tr><td rowspan="3">语义分析</td><td>指向主语：情态补语对主语位置上的名词成分(施事或受事)的评价或描述。</td><td>指向主语：程度补语对主语位置上的名词性施事成分进行描写和说明。</td><td rowspan="3"></td></tr>
<tr><td>指向谓语:
① 情态补语表示对谓语动词所表示的动作，行为的评价或判断。
② 情态补语对动词呈现的状态进行描写。</td><td>指向谓语：程度补语表示形容词与心理动词的程度。</td></tr>
<tr><td>指向“把”字宾语：情态补语对“把”字宾语的描写或陈述或者说明动作行为所产生的结果。补语是主谓结构与谓语动词在意义上构成因果关系。</td><td>指向“把”字宾语：程度补语 对“把”字宾语进行描写或陈述，表示某物使得某人受到的影响达到了什么程度了。</td></tr>
<tr><td>语用分析</td><td>情态补语所要评价，判断，描述的是已经发生或正在发生的动作或事件，以及与此动作有关的施事者或受事者。因此正在发生动作和已经发生的动作是情态补语句出现的语境背景，当我们要对此进行评价，描述时，就使用情态补语句。
① 主题和评论
② 表达重点和焦点
③ 语境背景</td><td>① 主题和评论
② 表达重点和焦点
③ 语境背景</td><td></td></tr>
</table>

3. 韩语状语研究

与汉语语言系统不同的英语圈学习者或者是韩语圈学习者，对汉语状语的理解相对比较简单。这是因为韩语和英语中也不仅都有状语，而且在句法位置上也基本相同即位于动词前面，对修饰动词谓语的状语的一般性理解都相同。但是在把韩语状语用汉语状语来表现的情况下，有时不是状语，而是承担的角色是汉语里的情态补语或程度补语。也就是说，汉语里的“补语”在韩语里并没有形式或结构上完全对应的语法角色，而是以“状语”的角色来实现的，因此，在研究“得”字情态补语和程度补语与韩语状语的对应关系之前，让我们认为有必要对韩语里的“状语”作概要的介绍。

3.1. 韩语状语的概念

韩语状语是指用副词或相当于副词的其他词语充当的用以修饰限制谓词的语法成分，所以从句法结构角度上说，它不是必需的成分，而是可以省略的非必需性要素，是附属成分。但是事实上，大部分的句子中，出现状语对句子的叙述内容进行详细补充是常事，因此根据谓语的不同和语义的需要，有时也会变成必要的成分。

Seo-jeongsoo(1944)曾说过状语一般情况下放在非修饰语前最自然。还有，说起副词和状语的关系，副词一般是修饰体词以外的很多句子成分的单词，状语不仅是单纯副词单词，也指跟它一样有修饰功能的很多形态，语是副词的上层范畴[34]。

34 状语和副词不存在层次上的关系，是不同范围的对象，副词是词类类型，而状语是句法成分之根据Nam-gisim·Go-yeonggeun(1989)的说法，状语作为跟定语一样的一种随意性成分[35]，加上谓语，可以限制意思。副词作为词类的一种，主要语法功能是修饰带有动作或者状态的谓语限定。副词直接充当状语，是状语的最基本的状态。

Seong-gicheol(1992)则说过状语应该放在修饰对象前面，如果不是句子颠倒的情况的话，就没有把副词放在修饰对象后面的情况[36]。

像这样，韩语状语是和定语相同的修饰语，放在非修饰语前面是原则。韩语中,状语是作为修饰语, 放在被修饰语前面的, 但和能调换位置的定语不一样, 为了表现效果能自由调换位置。状语位置变化的话，它的意思也会随之变化。状语的修饰范围非常宽广。

第一，修饰谓词

(91) 꽃이 아름답게 피었다. (谓词) (花开得很漂亮)
花 漂亮 开

第二，修饰定语

(92) 아름답게 핀(定语)꽃을 보고 있다. (看开得很漂亮的花)
漂亮 开的 花 看

第三，修饰其他状语

(93) 연이 매우 높이(其他状语) 날고 있구나. (风筝很高得飞着)
风筝 很 高 飞着

第四，修饰句子整体

一，副词只是状语的充当成分之一，如汉语里名词，形容词也可以做状语。在这里，状语是副词的上位范畴的意义是因为大部分的副词都用作状语，状语包含副词，位于更高的范畴的意思。

35 在韩语中，形成句子必不可少的成分有主语，谓语，宾语，补语，而修饰主要成分的饰词成分，并不是句子构成的必要成分，称为随意性成分，定语和状语属于这个范畴。

36 Seong-gicheol(1992)《국어 어순 연구》, 한글 218('92.12) 한글학회.

(94) 과연 그의 예언대로 되었구나. (果然按照他的预言实现了)
果然 他的预言按照 实现了

第一~第三是修饰句子成分，所以称为“成分状语”，第四是修饰整体句子，所以称为“句子状语”。除了这两个之外，还有连接词语或句子的“连接状语”。比如，

(95) 그러나 희망이 아주 사라진 것은 아니다. (但是并不是希望渺茫)
但是 希望 渺茫 不是

本论文中将只对成分状语中修饰谓词的状语当做研究对象。

3.2. 韩语状语的语法特征

韩语状语通过各式各样的途径形成，状语的形成过程根据Seo-jeong-soo(1944)，Nam-gisim·Go-yeonggeun(1989)，Kim-gyenghoon(1996)的意见，跟下面一样。

第一，副词直接充当状语。

(96) a. 날씨가 매우 덥다.(天气十分热)
天气 十分 热
b. 나는 음악을 아주 좋아한다. (我很喜欢音乐)
我 喜欢 很 音乐

例句(96a-b)中，副词“매우(十分)”和“아주(很)”是修饰谓语“덥다(热)”和“좋아하다(喜欢)”的，用做状语。

在体词中附加上很多副词格助词(体词+副词格助词)，就充当状语。

"-에(서)(e(seo))在", "-에게(ege)/-한테(hante)给", "-로(서)(ro(seo))作为", "-와(wa)/-과(gwa)/-하고(hago)/-랑(rang)和/跟", "-처럼(cheoreom)像" 等等副词格助词，加上时间，场所，出处，工具，方向等，就作为状语使用。

(97) a. 그럼 우리 도서관에서 보자. (那么我们在图书馆见吧)
那么我们 图书馆在 见吧

b. 수업은 11시에 끝났다. (课在十一点结束)
课 十一点在 结束

c. 친구는 나한테 사실을 알렸다. (朋友对我说了事实)
朋友 我对 事实 说

d. 아버지는 승용차로 출근한다. (爸爸开轿车上班)
爸爸 轿车 上班

e. 나는 남자친구와 춤을 추었다. (我和男朋友跳了舞)
我 男朋友和 舞 跳了

f. 내 동생도 너처럼[37] 키가 크다. (我弟弟像你一样个子很高)
我弟弟 你像 个子 高

그 아이는 곰처럼[38] 미련하다. (那个孩子像熊一样愚笨)
那个孩子 熊像 愚笨

例(97a-f)中，体词 "도서관(图书馆)", "11시(11点)", "나(我)", "승용차(轿车)", "남자친구(男朋友)" 和 "너(你)/곰(熊)" 的后面加助词 "-에서(eseo)", "-에(e)", "-한테(hante)", "-로(ro)", "-와(wa)" 和 "-처럼(cheoreom)", 修饰谓语 "보다(见)", "끝나다(结束)", "알리다(说)", "출근하다(上班)", "(춤을)추다((跳)舞)" 和 "키가 크다(个子高)/미련하다(愚笨)", 用作状语。

37 加在体词后面，互相比较，表达相似或一样的副词格助词

38 加在体词后面，表达前面话例所带有的典型特征和相似或一样的副词格助词

副词型依存名词和依附它的定语一起充当状语。有“채(chae)[39]”，“체(che)[40]”，“대로(daero)”，“만큼(mankeum)”等。

(98) a. 옷을 입은 채로 물에 들어갔다. (穿着衣服进到水里了)
衣服 穿着 水里 进了

b. 보고도 못 본 체 딴전을 부리다. (看见我假装没看见就答非所问)
看见 假装没看见 答非所问

c. 놀 만큼 놀았으니 이제 공부 좀 해라.
(玩也已经玩得够充分了，现在学习一下吧)
玩得够充分 现在 学习 一下吧

例(98a-c)中，依存名词“채(chae)”，“체(che)”，“만큼(mankeum)”和定语一起使用，修饰谓语“들어가다(进)”，“딴전을 부리다(答非所问)”，“놀다(玩儿)”，用作状语。

第四，副词型词尾[41]的谓词活用语，就充当状语。根据副词型词尾的意义，大致上分为七大点。

1) 理由/原因副词型词尾: -(으)니(까)((eu)ni(gga)), -(으)므로((eu)meuro)

(99) a. 그렇게 말씀해 주시니까 고맙네요. (你能这么说真好)
这么说 真好

b. 그는 부지런하므로 성공할 것이다. (他因为很勤劳，所以会成功的)
他 勤劳 成功 会

例(99a-b)中，用于理由和原因的副词形词尾“-(으)니(까)((eu)ni(gga))”，“-(으)

39 “채(chae)”是依存名词，表达已经存在的状态依旧存在的意思

40 “체(che)”是依存名词，表达装作像个样儿的虚假态度或模样

41 根据从属性连接词尾看作副词形转成词尾，副词形转成词尾的范围更宽的见解(Yoon-pyeonghyeon (1989))，已有的副词性转成词尾包含“-게(ge), -도록(dorok), -듯이(deut-i)”，分成了七个副词形词尾进行研究.

므로((eu)meuro)" 和动词 "주다(表现为别人做某种行动的词语)" 形容词 "부지런하다(勤劳)" 一起使用, 用作修饰 "고맙다(真好)" 和 "성공하다(成功)" 的状语。

2) 目的/意图副词型词尾: -(으)러((eu)reo), -(으)려고((eu)ryeogo), -고자(goja), -기 위하여(gi wihayeo), -도록(dorok)

(100) a. 그들은 공부하러 도서관에 갔다. (他们去图书馆学习了)
他们 学习 图书馆 去了
b. 그는 더 잘 보고자 안경을 닦았다. (他为了看得清楚, 擦了眼镜)
他 清楚 看 眼镜 擦了
c. 그 일 즉시 하도록 권한다. (劝说立即做那件事)
那件事立即 做 劝说

例(100a-c)中, 表现目的和意图的副词形词尾 "-(으)러((eu)reo)", "-(으)려고((eu)ryeogo)", "-고자(goja)", "-기 위하여(gi wihayeo)", "-도록(dorok)" 是与动词 "공부하다(学习)", "보다(看)", "하다(做)" 一起使用, 用作修饰谓语 "가다(去)", "닦다(擦)", "권하다(劝说)" 的状语。

3) 条件副词型词尾: -(으)면((eu)myeon), -거든(geodeun), -아/어야(a/eoya), -(이)라야((i)raya)

(101) a. 여름이 되면 비가 많이 온다. (一到夏天, 雨水就很多)
夏天 一到 雨水 很多 下
b. 혹시 길이 미끄럽거든 지하철을 이용해라. (如果道路很滑, 坐地铁吧)
如果 道路 很滑 地铁 坐
c. 책을 많이 읽어야 교양이 높아진다. (要读很多书, 教养才会变好)
书 很多 读要 教养 变好

例(101a-c)中, 表现条件的副词形词尾 "-(으)면((eu)myeon)", "-거든(geodeun)", "-아/어야(a/eoya)", "-(이)라야((i)raya)" 是与动词 "되다(到)", 形容词 "미

끄럽다(滑)", 动词 "읽다(读)" 一起使用, 用作修饰谓语 "오다(下)", "이용하다(坐)", "높아지다(变好)" 的状语。

4) 让步副词型词尾: -어도(eodo), -더라도(deorado), -(으)ㄹ 망정((eu)ㄹ mangjeong), -ㄴ들(ㄴdeul), -기로서니(giroseoni)

(102) a. 사람들이 뭐라 해도 할 수 없다. (不管人们怎么说都没用)
人们 怎么 说 没用
b. 차라리 얼어 죽을망정 겻불은 아니 쬐겠다. (冻死也不烤稻糠火)
冻 死 稻糠火 不 烤
c. 아무리 크기로서니 코끼리만 할까? (再怎么大能有大象大?)
再怎么 大 大象 能大

例(102a-c)中, 表现让步的副词形词尾 "-어도(eodo)", "-더라도(deorado)", "-(으)ㄹ 망정((eu)ㄹmangjeong)", "-ㄴ들(ㄴdeul)", "-기로서니(giroseoni)" 与动词 "하다(说)", "죽다(死)", 形容词 "크다(大)" 一起使用, 用作修饰谓语 "하다(用)", "쬐다(烤)", "하다(大)" 的状语。

5) 结果关系副词型词尾: -도록(dorok), -게(ge)

(103) a. 철수는 매일 신발이 다 닳도록 돌아다닌다.
(哲苏每天跑来跑去跑得鞋子都穿坏)
哲苏 每天 鞋子 都 穿坏 跑来跑去
b. 지영이는 신나게 놀았다. (志永玩儿得很开心)
志永 开心 玩儿

例(103a-b)中, 动词 "닳다(穿坏)" 后面加上副词型词尾 "-도록(dorok)", 修饰谓语 "돌아다니다(跑来跑去)", 用作状语。动词 "신나다(开心)" 后面加 "-게(ge)", 用作状语。

6) 时间关系副词型词尾: -어서(eoseo), -(으)ㄹ 적에((eu)ㄹ jeoke), -자/-자마자(ja/jama ja), -고서(goseo), -더니/었더니(deoni/eotdeoni), -기 전에(gi jeone), -(으)ㄴ 뒤에/후에/다음에((eu)ㄴ dwie/hooe/daeume), -는/ㄹ 동안에(neun/ㄹ dongane)

(104) a. 어머니는 솥을 씻어서 쌀을 안쳤다. (妈妈洗了锅泡了米)
妈妈 锅 洗了 米 泡了
b. 사람들이 춤을 추고서 노래를 부른다. (人们跳了舞后唱歌)
人们 舞 跳了后 歌 唱
c. 그들이 만나는 동안에 우리는 밖에서 기다린다.
(他们见面的时候，我们在外面等)
他们 见面的时候 我们 外面在 等

例(104a-c)中，表现时间关系的副词形词尾"-어서(eoseo)"，"-(으)ㄹ 적에((eu)ㄹ jeoke)"，"-자/-자마자(ja/jamaja)"，"-고서(goseo)"，"-더니/었더니(deoni/eotdeoni)"，"-기 전에(gi jeone)"，"-(으)ㄴ 뒤에/후에/다음에((eu)ㄴ dwie/hooe/daeume)"，"-는/ㄹ 동안에(neun/ㄹ dongane)"与动词"씻다(洗)"，"추다(跳)"，"만나다(见面)"一起使用，用作修饰谓语"안치다(泡)"，"부르다(唱)"，"기다리다(等)"的状语。

7) 程度副词型词尾: -듯이(deut-i), -게(ge)

(105) a. 그는 물 흐르듯이 일을 처리한다. (他事情处理得得心应手)
他 像流水一样 事情 处理
b. 나는 그 일을 멋지게 해냈다. (我把那件事解决得很漂亮)
我 那件事 漂亮 解决

例(105a)中，动词"흐르다(流)"后面加副词型词尾"-듯이(deut-i)"，修饰谓语"처리하다(处理)"，用作状语。例(105b)中，形容词"멋지다(漂亮)"后面加副

词型词尾“-게(ge)”, 修饰谓语“해내다(解决)”, 用作状语。

第五，谓词中派生出的副词，伴随主语，宾语等，起谓语的作用，充当状语。

(106) a. 나를 따뜻이 반겼다. (热情地欢迎我)
我 热情地 欢迎
b. 하늘 높이 날았다. (高高地飞向天空)
天空 高高地 飞向

例(106a-b)中，形容词“따뜻하다(热情)”和“높다(高高)”的词根后面加词缀“-이(i)”，修饰谓语“반겼다(欢迎)”和“날았다(飞向)”，用作状语。

状语对动词或形容词，冠形词，指定词组[42]，副词等多种范围进行修饰，起到限定被修饰词意思的作用。比如，

(107) a. 낙엽이 우수수 떨어진다. (동사) (落叶沙沙沙得掉下来)(动词)
落叶 沙沙沙 掉下来
b. 가을 하늘은 유난히 높다. (형용사) (秋天的天空格外的高)(形容词)
秋天天空 格外 高
c. 이 구두는 퍽 옛 모습을 띠고 있다.
(관형사) (这皮鞋展现着相当久远的样子)(冠形词)
这皮鞋 相当 久远的样子 展现着
d. 그 사람은 꽤 멋쟁이다. (지정사구) (那个人是个非常爱打扮的人)(指定词组)
那个人 非常 爱打扮的人
e. 저 선수는 자못 빨리 일어난다. (부사)[43] (那个选手很快站起来了)(副词)
那个选手 很 快 站起来

例句(107a-e)中，状语“沙沙沙”，“格外”，“相当”，“非常”，“很”修饰各个

42 Choi-hyeonbae指是语法体系中设定的词性的一种。作为指定什么是什么的单词，有肯定的“이다(是)”和否定的“아니다(不是)”。

43 Seo-jeongsoo(1996) 再引用《국어문법》, 집무당

动词“掉下来”，形容词“高”，冠形词“久远”，指定词组“爱打扮的人”，副词“快”。

一般情况下，像“잘 놀다(玩得好)”中的“잘(好)”一样，副词作为状语来使用。但是像“집에서(在家里)”一样的体词副词格，“배운대로(按照所学)”一样的副词性依存名词，“까맣게(黑黑的)”一样的谓语的副词形等，也可以作状语。所以说韩语的状语和副词是有着非常密切的关联的。

由于状语基本上包含了副词的整体，并且具有和副词一起修饰谓语的作用同时也包含了各种形态的其他词性-句-从句，状语也说得上是副词的上位范畴[44]。

副词大致上是修饰谓语的，但是一部分状语中，也修饰副词或者修饰体词。比如：

(108) a. 더 빨리 걸어야 돼요. (还要再走快一点)
还 快 走 要

b. 내가 너를 아주 많이 사랑해. (我非常爱你)
我 你 非常 很多 爱

c. 겨우 둘이 그 일을 해낼 수 있겠어? (仅仅两个人能完成那件事？)
仅仅 两个人 那件事 完成 能

d. 저 아이는 꼭 너만 좋다고 하더라. (那个小孩就只喜欢你)
那个小孩 就 你 喜欢

看例句(108a-b)中，状语“더(再)”，“아주(非常)”修饰后面的副词“빨리(快)”，“많이(很多)”。例句(108c-d)中，状语“겨우(仅仅)”，“꼭(就)”修饰各个数词“둘이(两个)”和代名词“너만(你)”。

44 Seo-jeongsoo(1996) 状语并不是简单的称为副词的词语，是指和它拥有相同修饰机能的多种形态，状语属于副词的上层范畴。《국어문법》，집무당

4. 汉语“得”字情态补语和韩语状语的关联性

4.1. 汉语“得”字情态补语和相关联的韩语状语研究

第三章介绍了韩语状语形成的五种情况。接下来将对这之中与汉语“得”字情态补语相关联的两种情况进行深入分析。

(一) 副词型词尾[45] 谓词的活用型，充当状语

1) 理由/原因副词型词尾: -(으)니(까)((eu)ni(gga)), -(으)므로((eu)meuro)

(109) a. 약속을 했으니 가기 싫어도 갈 수밖에 없다.
(因为约定了，所以就算不想去也不得不去)
约定了　去　不想　去　不得不

b. 그렇게 음식을 마구 먹으니까 배탈이 나지.
(这样胡乱吃东西，所以拉肚子了)
这样　东西　胡乱　吃　拉肚子了

“-(으)니(까)((eu)ni(gga))”作为连接词尾, 加在除了有“ㄹ”收音的谓词词干或补助助词[46]“-었(eot)-”, “-겠(get)-”后面，表示前面的话是后面的话的原因，根据，前提。具有NP+V/A-(으)니(까)((eu)ni(gga))+VP的形式。

例句(109a-b)中, 动词“했다(做)”和“먹다(吃)”后面加了“-(으)니(까)((eu)ni(gga))”,“约好了所以要去”,“吃太多了所以拉肚子”体现了原因。

c. 그는 모범학생이었으므로 늘 칭찬을 받았다.
(因为他一直是模范学生，所以经常受到称赞)

45 在句子中用作状语的活用词尾, 在学校语法中是辅助性的连接词尾

46 放在语末词尾的词尾

他 模范学生 是 经常 称赞 受到

d. 강물이 깊으므로 배 없이는 건널 수 없다.

(因为江水很深，所以没有船无法渡过去)

江水 很深 船 没有 渡过去 无法

"-(으)므로((eu)meuro)" 作为连接词尾, 加在除了有"ㄹ"收音的谓词词干或补助助词"-었(eot)-"，"-겠(get)-" 后面，表达理由或根据。具有NP+V/A-(으)므로((eu)meuro)+VP的形式。

例句(109c-d)中, "-(으)므로((eu)meuro)" 像谓词一样活用的谓语助词"이다(ida 是)"和补语助词"-었(eot)"一起使用，体现受到称赞的原因，写在形容词"깊다(深)"后面，说明了没船过不去的原因。

这里可以发现表达原因和理由，用作状语的韩国语副词型词尾，跟汉语"得"字情态补语不对应。

2) 目的/意图副词型词尾: -(으)러((eu)reo), -(으)려고((eu)ryeogo), -고자(goja), -기 위하여(gi wihayeo), -도록(dorok)

(110) a. 점심을 먹으러 집에 간다. (为了吃午饭回家去了)

午饭 吃 家 回去

"-(으)러((eu)reo)" 作为连接词尾, 加在除了有收音"ㄹ"的动词词干后面, 表达去或者来这个动作的目的。具有NP+V-(으)러((eu)reo)+VP 的形式。

例句(110a)中, 动词"먹다(吃)"后面加"-(으)러((eu)reo)"，表达出来去家里的目的。

b. 새를 잡으려고 돌을 던졌다. (为了抓鸟而扔了石头)

鸟 抓 石头 扔了

"-(으)려고((eu)ryeogo)" 作为连接词尾, 加在除了有收音"ㄹ"的动词词干后面，表达要做某个行动的意图或欲望。具有NP+V-(으)려고((eu)ryeogo)+VP

的形式。

例句(110b)中, 动词“잡다(抓)”后面加“-(으)러고((eu)reogo)”，表达出了扔石头的目的。

c. 나도 당신의 이야기를 듣고자 찾아왔네. (我也要听你的话就找来了)
我也 你的 话 听要 找来了

“-고자(goja)”作为连接词尾, 加在“있다(有)，없다(没有), 계시다(在)”的词干，动词词干或词尾“-으시(eusi)-”后，表达要做某个行动的意图或欲望。具有NP+V-고자(goja)+VP 的形式。

例句(110c)中, 动词“듣다(听)”后面加“-고자(goja)”，表达出了找来的意图。

d. 엄마를 기쁘게 하기 위해서 열심히 공부한다.
(为了让妈妈开心而努力学习)
妈妈 开心 让 为了 努力 学习

“-기 위하여(gi wihayeo)”作为连接词尾, 表达实现某种目的。具有NP+V-기 위하여(gi wihayeo)+VP的形式。

例句(110d)中, 动词“하다(hada做)”后面加“-기 위하여(gi wihayeo)”，表达出了让妈妈开心的目的。

e. 그가 영어를 잘 하도록 도와주어라. (帮助他学好英语吧)
他 英语 好 学 帮助吧

f. 모두들 감기에 걸리지 않도록 건강에 유의하세요.
(大家都尽量不要感冒，注意健康)
大家 感冒 尽量不要 健康 注意

“-도록(dorok)”作为连接词尾, 加在动词或一部分形容词的词干或先语末语尾“-으시(eusi)”的后面，表示关于后面小节事情的目的或方向。具有

NP+V/A-도록(dorok)+VP的形式。

例句(110e-f)动词“하다(hada做)”和“않다(anta不做)”的后面加上“-도록(dorok)”，表示了后面小节的目的。

这里可以发现表达目的和意图，用作状语的韩语副词型词尾，并不和汉语“得”字情态补语相对应。

3) 条件副词型词尾: -(으)면((eu)myeon), -거든(geodeun), -아/어야(a/eoya), -(이)라야((i)raya)

(111) a. 일등이라도 했으면 기절할 뻔했겠네. (要是得了第一，就差点昏过去了)
第一 得了 要是 昏过去 差点

“-(으)면((eu)myeon)”作为连接词尾, 加在除了以“ㄹ”子音结束的谓词的词干或补助词尾“-었(eot)-”，“-겠(get)-”后面，表达假装事实来当做条件的意思。具有NP+V/A -(으)면((eu)myeon)+VP的形式。

例句(111a)中,“-(으)면((eu)myeon)”是动词“하다(hada做)”和补助词尾“었(eot)”一起使用，假装“要是得了一等”，并以此当做条件。

b. 전시회가 끝나거든 좀 휴식을 취해야겠다.
(要是展会结束了就稍微休息一下)
展会 结束 要是稍微 休息一下

“-거든(geodeun)”作为连接词尾, 加在谓词或“이다(ida是)”的词干，或补助词尾“-으시(eusi)-”，“-었(eot)-”，“-겠(get)-”的后面，表达假装事实来当做条件的意思。具有NP+V/A-거든(geodeun)+VP的形式。

例句(111b)中, 动词“끝나다(结束)”后面加“-거든(geodeun)”，假装“要是展会结束了”，并以此当做条件。

c. 평소에 신문을 많이 읽어야 상식이 풍부해진다.
(平时要多读报纸，常识才会丰富)
平时 报纸 多 读 常识 丰富

“-아/어야(a/eoya)”作为连接词尾，加在末音节的母音是“ㅓ，ㅕ，ㅜ，ㅡ，ㅣ，ㅐ，ㅔ，ㅖ”等的谓词或“이다(ida是)”的词干后面，以假装的意思，表示关于后面小节所必须要的条件。具有NP+V/A-아/어야(a/eoya)+VP的形式。

例句(111c)中，末音节母音“ㅣ(i)”的动词“읽다(读)”后面加“-아/어야(a/eoya)”，假装“如果读了很多报纸的话”，表示了“为了使常识变丰富”所需要的条件。

d. 네가 착한 사람이라야 복을 받을 수 있다.
(你只有是善良的人，才能得到福气)
你 善良的人 才能 福气 得到

“-(이)라야((i)raya)”作为连接词尾，加在“이다(ida是)”，“아니다(anida不是)”的词干或补助词尾“-으시(eusi)-”的后面，表示作为某件事或事物的条件，必须要这样做的要求。具有NP+V-(이)라야((i)raya)+VP的形式。

例句(111d)中，像谓词一样活用的谓语助词“이다(ida是)”后面加“-(이)라야((i)raya)”，表示了“如果要得到福气，就一定要是个善良的人”的条件。

这里可以发现表示条件，用作状语的韩语副词型词尾，并不与汉语“得”字情态补语相对应。

4) 让步副词型词尾: -어도(eodo), -더라도(deorado), -(으)ㄹ 망정((eu)ㄹ mangjeong), -ㄴ들(ㄴdeul), -기로서니(giroseoni)

(112) a. 아무리 먹어도 배가 부르지 않는다. (怎么吃肚子也不饱)
怎么 吃 肚子 不饱

“-어도(eodo)”作为连接词尾, 加在末音节的母音是“ㅓ, ㅕ, ㅜ, ㅡ, ㅣ, ㅐ, ㅔ, ㅖ”等的谓词或“이다(ida是)”的词干, 或者补助词尾“-었(eot)-”的后面, 表示让步假装前面小节的事实, 而这个跟后面小节又没有任何关系。具有NP+V/A-어도(eodo) +VP的形式。

例句(112a)中, 末音节母音“ㅓ(eo)”的动词“먹다(吃)”后面加“-어도(eodo)”, 表达“就算吃再多, 肚子也完全不饱”。即, 表达了就算吃再多的食物, 对肚子的饥饱没有任何影响。

b. 괴로우시더라도 좀 참고 기다려주세요. (就是很痛苦, 也稍微忍耐着等待吧)
很痛苦 稍微 忍耐 等待吧

“-더라도(deorado)”作为连接词尾, 加在谓词或“이다(ida是)”的词干还有补助词尾“-으시(eusi)-”, “-었(eot)-”, “-겠(get)-”的后面, 表达了为了不让后面小节受到前面小节内容的牵连, 假装让步某件事情或某种情况的意思。具有NP+V/A-더라도(deorado)+VP的形式。

例句(112b)中, “-더라도(deorado)”和形容词“괴롭다(痛苦)”加在补助词尾“-으시(eusi)-”的后面, 表达了虽然情况很痛快, 但还是稍微让步等待一下的意思。

c. 내일 사표를 낼망정 하던 일은 해 놓고 가야지.
(即使明天要递辞职信了, 但是该做的事还是要做好再走)
明天 辞职信 递 该做的事 要做好 再走

“-(으)ㄹ망정((eu)ㄹmangjeong)”作为连接词尾, 加在母音或以“ㄹ”结尾的谓词或“이다 (ida是)”的词干, 还有补助词尾“-으시(eusi)-”的后面, 表示虽然肯定前面小节的事实, 但是后面小节的事实不受其牵连。具有NP+V/A-(으)ㄹ망정((eu)ㄹmangjeong) +VP的形式。

例句(112c)中，动词“내다(递)”后面加“-(으)ㄹ망정((eu)ㄹmangjeong)”，表示了“和明天递交辞职信没什么关系，今天做的事要做好收尾”的意思。

d. 그가 부자인들 너한테 큰 돈을 주겠니?
(难道因为他是富人，所以就该给你大钱？)
他 富人 你 大钱 给

“-ㄴ들(ㄴdeul)”作为连接词尾，母音或以“ㄹ”结尾的谓词，或“이다(ida是)”的词干，还有补助词尾“-으시(eusi)-”的后面，表示就算对前面小节的内容进行让步肯定，在后面小节中，因为这个原因，期待的结果变成否定。具有NP+V/A-ㄴ들(ㄴdeul)+VP的形式。

例句(112d)中，“이다(ida是)”的词干后面加“-ㄴ들(ㄴdeul)”，表达了就算他拥有很多钱，是个富人，也没必要把钱给你的意思。

e. 제가 아무리 배운 게 없기로서니 그런 기본적인 도리도 모르겠습니까?
(我再怎么学的少，难道会连这种基本道理都不知道？)
我 再怎么 学的 少 难道 基本道理 不知道

“-기로서니(giroseoni)”作为连接词尾，加在谓词或“이다(ida是)”的词干，还有补助词尾“-으시(eusi)-”，“-었(eot)-”，“-겠(get)-”的后面，表示就是对前面小节的事实进行让步和肯定，也无法接受后面小节的事实。具有NP+V/A-기로서니(giroseoni)+VP的形式。

例句(112e)中，形容词“없다(没有)[47]”后面加“-기로서니(giroseoni)”，强调了“就算是学的少没什么知识，基本的道理应该是知道的。”

这里可以知道表达让步，用作状语的韩语副词型词尾，并不与汉语“得”字情态补语相对应。

47 韩语中，“있다(有)”用作动词或形容词。比如，在“철수야, 여기에 있어라(形容词/汉语中的“在”是动词，但韩语中“在”是形容词)(哲秀啊，在这儿呆着)”，“산에 나무가 있다(动词)(山里有树木)”。但是与“있다(有)”状态相对应的“없다(没有)”只能用作形容词。

5) 结果关系副词型词尾: -게(ge)[48], -도록(dorok)

(113) a. 지영이는 신나게 놀았다. (志永玩儿得很开心)
志永 开心 玩儿
b. 우리는 같이 가게 될 것이다. (我们会一起去的)
我们 一起 去 会
c. 모든 사람이 들을 수 있게 큰 소리로 말해라. (所有人都可以听到大声说吧)
所有人 可以听到 大声 说吧

“-게(ge)”作为连接词尾, 加在谓词的词干或先语未语尾“-으시(eusi)-”后面, 表示前面小节变成了后面小节的目的或结果, 理由, 条件之类的。与动词型谓语相结合, 具有NP+V-게(ge)+VP的形式。

例句(113a)中, 动词“신나다(开心)”后面加“-게(ge), 表示了“놀다(玩儿)”的结果。例句(113b)中, “-게(ge)”带有后行谓语所能实现的环境或条件的意思。即, “우리는 된다(我们成了)”的句子中, 可以成的环境是因为什么, 通过“-게(ge)”的先行谓词进行说明。例句(113c)中, 谓词“들을 수 있다(可以听到)”后面加“-게(ge)”, “所有人都可以听到的程度大声讲话”即, 表示了前面小节是关于后面小节的目的。

状语“신나게(玩儿)”, “가게(去)”, “들을 수 있게(听到)”语义指向谓语“놀다(玩儿)”, “되다(和-게(ge)一起使用, 表示达到某种情况或事态)”, “말하다(说)”, 状语表示谓语的结果或条件。

与动词性谓语结合使用的情况下, 只有表达“结果”意义的时候, 才与汉语“得”字情态补语相对应。

48 因为韩语是添加型, 所以一般单词在句子中, 在描述某种成分时, 助词或词尾会相应跟上。在动词充当状语时也有这样的情况出现。动词充当状语时, 动词词干后面加词尾, 修饰后面的动词谓语。韩语中的词尾不仅起到扩大句子的作用, 还有根据各自机能的不同对词尾进行分类的话, 可以分成终结词尾, 连接词尾, 转成词尾。能把动词变状语的词尾是副词型词尾, 具有“아/어(a/eo), –게(ge), –지(ji), –고(go)”四种。

d. 철수는 매일 신발이 다 닳도록 돌아다닌다.
(哲书每天跑来跑去跑得鞋子都穿坏)
哲书 每天 鞋子 都 穿坏 跑来跑去

e. 지혜는 한 번 울기 시작하면 귀청이 떨어지도록 운다.
(智慧只要一开始哭，就要哭到个耳朵都震聋)
智慧 一 哭 开始 耳朵 震聋 哭

“-도록(dorok)”作为连接词尾, 加在动词的词干或先语未语尾“-으시(eusi)-”的后面，表示动作的程度或结果和时间的限定之类。与动词型谓语相结合，具有NP+V-도록(dorok)+VP的形式。

例句(113d-e)中，动词“닳다(穿坏)”和“떨어지다(震聋)”的后面加上“-도록(dorok)”，表示程度。即，表达了“鞋子都穿坏的程度四处跑，耳朵都要震聋的程度哭”的意思。状语“닳도록(穿坏)”，“떨어지도록(震聋)”语义指向谓语“돌아다니다(跑来跑去)，운다(哭)”，状语表达谓语的程度或结果。

这里可以发现表达结果的状语中“도록(dorok)”是与汉语“得”字情态补语相对应的。

6) 时间关系副词型词尾: -어서(eoseo), -자/-자마자(ja/jamaja), -고서(goseo), -(으)ㄴ 뒤에/후에/다음에((eu)ㄴ dwie/hooe/daeume), -는/ㄹ 동안에(neun/ㄹ dongane), -(으)ㄹ 적에((eu)ㄹ jeoke), -기 전에(gi jeone)

(114) a. 옷을 벗어서 옷걸이에 걸어라. (脱下衣服挂到衣架上去吧)
衣服 脱下 衣架上 挂吧

“-어서(eoseo)”作为连接词尾, 加在末音节的母音“ㅓ，ㅕ，ㅜ，ㅡ，ㅣ，ㅐ，ㅔ，ㅖ”等动词的词干后面，表示前面小节的事情发生后再依次发生后面的事情。具有NP +V-어서(eoseo)+VP的形式。

例句(114a)中，末音节“ㅓ”的动词“벗다(脱下)”后面加“-어서(eoseo)”，通

过“首先把衣服脱掉，然后把衣服挂到衣架上”这个意思，表示了事情发生的先后顺。

b. 속이 안좋아서 음식을 먹자마자 토해 버렸다.
(胃不好，一吃东西都吐出来了)
胃 不好 东西 吃 吐出来了

“-자/-자마자(ja/jamaja)”作为连接词尾, 加在动词词干或补助词尾“-으시(eusi)-”后面，表现前面动作的出现，紧接着产生后面小节的时间或动作。具有NP+V-자/-자마자(ja/jamaja) +VP的形式。

例句(114b)中， 动词“먹다(吃)”后面加“-자/-자마자(ja/jamaja)”，通过“吃了食物后马上吐出来”这个意思，表示了事件的连接发生。

c. 그는 장가를 가고서 사람이 달라졌다. (他成家了以后，人都变了)
他 成家了以后 人 变了

“-고서(goseo)”作为连接词尾, 加在动词词干或补助词尾“-으시(eusi)-”后面，表示前后两小节的两个事件之间的契机关系。强调前面小节事件和后面小节事件的前后关系。具有NP+V-고서(goseo)+VP的形式。

例句(114c)中, 动词“가다(成)”后面加“-고서(goseo)”，表示了成家后那个人的面相或态度都发生了变化。即，表示了通过成家这个契机那个人所发生的变化。

这里可以知道表现时间，用作状语的韩语副词型词尾, 并不与汉语“得”字情态补语相对应。

7) 比喻/程度·状态副词型词尾: -듯이(deut-i)，-게(ge)[49]

49 在韩语中，制造形容词状语的方法有两种。第一，形容词词根与-이/히(i/hi)相结合，变成派生状语。

(115) a. 선수들의 얼굴에서는 땀이 비 오듯이 흘렀다. (选手们的脸上汗如雨滴)

选手们的 脸上 汗 雨 如 滴

b. 그는 돈을 물 쓰듯이 쓰다. (他花钱如流水)

他 钱 水 如流 花

c. 그는 물 흐르듯이 일을 처리한다. (他把事情处理得得心应手)

他 水 如流 事情 处理

“-듯이(deut-i)”作为连接词尾，加在谓词“이다(ida是)”的词干或先语未语尾“-으시(eusi)-”，“-었(eot)-”，“-겠(get)-”的后面，表示后面小节内容和前面小节内容相似或程度相同。具有NP+V-듯이(deut-i)+VP的形式。

例句(115a-c)中，动词“오다(下)”，“쓰다(花)”，“흐르다(流)”后面加“-듯이(deut-i)”，比喻性的表达了流汗的程度，花钱的程度，处理事情的程度。

状语“오듯이(如下)”，“쓰듯이(如流)”，“흐르듯이(如流)”语义指向谓语“흐르다(滴)，쓰다(花)，처리하다(处理)”，状语以比喻的形式表达谓语的状态。

d. 그 아이는 훌륭하게 컸다. (那个孩子长大得很优秀了)

那个孩子 优秀 长大

e. 방을 예쁘게 꾸몄다. (房间装修得很漂亮)

房间 漂亮 装修

f. 날씨가 추우니까 옷을 따뜻하게 입어라.

(天气很冷，所以衣服穿得暖和一点)

天气 很冷 衣服 暖和 穿

g. 너, 오늘 치마를 너무 짧게 입은 거 아니야?

(你今天裙子穿得太短了吧？)

你 今天 裙子 太 短 穿了吧

h. 역시 세상은 착하게 살아야 돼. (果然人要活得善良一点)

第二，形容词词根与-게(ge)相结合，变成活用状语。

果然 世上 善良　活 要

"-게(ge)" 作为连接词尾, 加在形容词词干后面, 修饰动词, 用作副词型。表现出一种状态或性质的程度。与状态型谓词相结合, 具有NP+A-게(ge)+VP的形式。

例句(115d-h)中, 形容词 "훌륭하다(优秀), 예쁘다(漂亮), 따뜻하다(暖和), 짧다(短), 착하다(善良)" 后面加 "-게(ge)" 修饰各个动词 "크다(长大), 꾸미다(装修), 입다(穿), 입다(穿), 살다(活)" 用作副词型, 表示了为人的程度, 装饰房间的程度, 穿衣的状态, 裙子长度的状态, 心里的状态等。

状语 "훌륭하게(优秀), 예쁘게(漂亮), 따뜻하게(暖和), 짧게(短), 착하게(善良)" 语义指向谓语 "크다(长大), 꾸미다(装修), 입다(穿), 입다(穿), 살다(活)", 状语表示谓语的程度和状态。

(二) 谓词中派生出的副词, 伴随主语, 宾语等, 起谓语的作用, 充当状语。

(116) a. 밥을 너무 많이 먹었다. (饭吃得太多了)

饭　太　多　吃了

b. 나무가 높이 자랐다. (树长得很高)

树　高　长

"-이/히(i/hi)" 作为连接词尾, 加在形容词词干后面, 修饰动词, 加强 '那种状态'的意思, 并把它变成状语, 用作副词型。具有NP+A-이/히(i/hi)+VP的形式。

例句(116a-b)中, 形容词 "많다(多), 높다(高)" 后面加 "-이(i)" 修饰各个动词 "먹다(吃), 자라다(长)" 用作副词型, 表现了吃饭的程度和树长大的程度。

状语 "많이(多)", "높이(高)" 语义指向谓语 "먹다(吃)", "자라다(长)", 状语表示谓语的状态和程度。

这里可以发现表示状态, 用作状语的派生状语 "이/히(i/hi)" 与汉语 "得" 字情态补语相对应。

从上面的研究中可以知道，韩语状语中体现比喻，程度，结果，状态的副词型词尾“-게(ge)，-도록(dorok)，-듯이(deut-i)，-이/히(i/hi)”与汉语“得”字情态补语相对应。

“-게(ge)”是作为形容词状语的活用状语，加在形容词词干后面，只有在修饰动词的情况下才与情态补语相对应。“-게(ge)”是与状态性谓词相结合，具有NP+A-게(ge)+VP的形式， 与汉语“得”字情态补语中“NP+PV+得+AP”的形式相对应。原本形容词是表现事物的性质或状态的词类，它在修饰动词时，与副词型词尾“-게(ge)”相结合，变成状语修饰动词。和这相同的用法是形容词本身带有修饰的性质，这个性质通过副词型词尾“-게(ge)”原原本本转给活用的状语，拥有了状语的代表性特征，具有“状态，程度”的意思。作为动词性状语，可以与“-도록(dorok)”相对应使用，与汉语“得”字情态补语中“NP+PV+得+VP”的形式相对应。

“-도록(dorok)”加在动词的词干或先语未语尾“-으시(eusi)-”的后面，表达动作的程度或结果和时间的限定之类。“도록(dorok)”是与动词性谓语相结合，具有NP+V-도록(dorok)+VP的形式，与汉语“得”字情态补语中“NP+PV+得+S2”的形式相对应。

“-듯이(deut-i)”加在谓词“이다(ida是)”的词干或先语未语尾“-으시(eusi)-，-었(eot)-，-겠(get)-”的后面，表示后面小节内容和前面小节内容相似或程度相同。具有NP+V-듯이(deut-i)+VP的形式，并与汉语“得”字情态补语中“NP+PV+得+固定短语”的形式相对应。

“-이/히(i/hi)”是作为形容词状语的派生状语，加在形容词词干后面，修饰动词, 出现动作的状态，具有NP+A-이/히(i/hi)+VP的形式，与汉语“得”字情态补语中“NP+PV+得+AP”的形式相对应。

图表5. 与汉语“得”字情态补语相对应的韩语状语

(一) 副词型词尾谓词的活用型，充当状语			
意义	韩语副词型词尾	韩语状语语义指向	汉语补语
理由原因	-(으)니(까) ((eu)ni(gga))	-	—
	-(으)므로((eu)meuro)	-	—
目的意图	-(으)러((eu)reo)	-	—
	-(으)려고((eu)ryeogo)	-	—
	-고자(goja)	-	—
	-기 위하여(gi wihayeo)	-	—
	-도록(dorok)	-	—
条件	-(으)면((eu)myeon)	-	—
	-거든(geodeun)	-	—
	-아/어야(a/eoya)	-	—
	-(이)라야((i)raya)	-	—
让步	-어도(eodo)	-	—
	-더라도(deorado)	-	—
	-(으)ㄹ망정((eu)ㄹmangjeong)	-	—
	-ㄴ들(ㄴdeul)	-	—
	-기로서니(giroseoni)	-	—
结果	-도록(dorok): [NP +V-(으시(eusi))-도록+VP]	谓语	NP+PV+得+S2
	-게(ge): [NP+V-(으시(eusi))-게+VP]	谓语	NP+PV+得+VP

时间	-어서(eoseo)	-	—
	-고서(goseo)	-	—
	-자/-자마자(ja/jamaja)	-	—
	-(으)ㄴ뒤에/후에/다음에((eu)ㄴ dwie/hooe/daeume)	-	—
	-는/ㄹ동안에(neun/ㄹ dongane)	-	—
	-(으)ㄹ적에((eu)ㄹ jeoke)	-	—
	-기 전에(gi jeone)	-	—
比喻程度	-듯이(deut-i): [NP+V-듯이+VP]	谓语	NP+PV+得+固定短语
	-게(ge) : [NP+A-게+VP]	谓语	NP+PV+得+AP
(二) 谓词中派生出的副词，伴随主语，宾语等，起谓语的作用，充当状语。			
状态	-이/히(i/hi) : [NP+A-이+VP]	谓语	NP+PV+得+AP

4.2. 汉语"得"字情态补语和与之相对应的韩语句子成分

在汉语教学中，汉语的补语和韩语的哪个成分相对应是一个让韩国学生非常困惑的问题。因为韩语是SOV型语言，所以动词和形容词通常跟在句子的末尾，在这之后没有其他的成分，韩语中并没有汉语中称作"补语"的句子成分。汉语中用补语来表现的内容，在韩语中通常用各种状语来表达。

本章中，以4.1的研究结果为基础，对韩语状语和汉语情态补语的对应情况或关系进行观察。首先对汉语情态补语和韩语状语之间的词性，成分，结构上是何种对应关系进行描写和分析，然后对汉语情态补语和韩语状语之间在语义上有何种对应关系进行详细的归纳和分析。

需要说明的是，对于该问题的研究前人也有了一定的成果，比如柳英绿(2002)[50]，姜春华(2005)[51]，吕文华(2008)和尹远菱[52] (2010)的“得”字补语研究，都很有见地，是本研究的基础。笔者将在此基础上作出力所能及的进一步的描写和分析，并提出自己的看法。

4.2.1. 句法方面对应分析

(一) 主语分析

以第二章中“得”字补语分析中所用的例句为根据，对汉语情态补语和韩语句子间存在何种差异点进行分析。

第一，名词性单词或词组出现在主语位置上的句子，让我们来看一下例子。

(117) a. 雪下得很大。

눈이 많이 내린다.

雪 很大 下

b. 他们都观察得很仔细。

그들은 모두 자세하게 관찰하였다.

他们 都 仔细 观察

c. 屋子里摆布得十分雅致。

방 안이 매우 운치 있게 배치하였다.

屋子里十分 雅致 摆布

d. 这三位同学读得不错。

50 柳英绿(2002)《韩汉翻译基础》，延边出版社

51 姜春华(2005)《现代汉语情态补语与程度补语研究》，上海师范大学博士学位论文

52 Yun-wonreung(2010)《汉语“得”字补语句之教学语法排序研究》，전북대학교 박사학위논문

이 세 친구들은 잘 읽는다.

这三位同学 不错 读。

e. 我的头发、手指甲、脚趾甲都长得非常快。

나의 머리, 손톱, 발톱은 모두 매우 빠르게 자란다.

我的头发，手指甲，脚趾甲 都 非常 快 长

韩语是像例句(117a-e)一样，“눈(雪)”，“그들(他们)”，“방 안(房子里)”，“이 세 친구들(这三位同学)”，“나의 머리，손톱，발톱(我的头发，手指甲，脚趾甲)”后面跟助词“-은(eun)，-는(neun)，-이(i)，-가(ga)”，变为有谓词出现的动作或状态的主体作主语。韩语的名词是比起它自身的机能，加上格助词变成一种句子成分，所以在仅展现它自身机能的句子中，和体现主语，定语，宾语，谓语机能的汉语完全不同，但是名词性单词或词组主要放在主语的位置。

第二，没有主语出现的句子，让我们来看一下例子。

(118) a. 害怕得[他‖发抖]。

두려워서 [그는 떨었다].

害怕 他 发抖

b. 吵得[我一夜没睡]。

시끄러워서 [나는 밤새 잠을 못잤다].

吵 我 一夜 没睡

c. 气得[父亲直翻白眼]。

화나서 [아버지는 눈이 뒤집어졌다].

气 父亲 直翻白眼

d. 吓得[孩子脸色都变了]。

놀라서 [아이의 얼굴색이 변했다].

吓 孩子 脸色 变了

e. 炎热的夜晚渴得[她口干舌燥]。

무더운 밤 목말라서 [그녀는 입이 바싹 말랐다].

炎热的夜晚 渴 她 口干舌燥

f. 干了一天活累得[他吃饭拿筷子时胳膊都抬不起来了]。

하루 동안 일을 하고 피곤해서 [그는 젓가락을 들 때 팔도 들지 못했다].

一天 干了活 累 他 筷子 拿时 胳膊 抬不起来了

分析上面例句(118a-f)的结果，韩语句子中也有没有主语的情况，因为某种原因发生了结果的句子中，没有主语出现。"-서(seo)"在韩语中是出现原因的标记，其结果跟在"发生了某件事"的句子后面出现。像汉语句子一样，谓语是使用只对主语产生影响的自动词或不需要宾语的形容词。

（二）谓语分析

(119) a. 老人对远处的字看得[很清楚]。

노인은 먼 곳의 글자를 매우 정확하게 본다.

老人 远处的 字 很 清楚 看

b. 让老百姓吃得[放心]，用得[安心]。

백성들이 마음놓고 음식을 먹고 안심하고 쓴다.

老百姓 放心 菜 吃 安心 用

c. 中国发展得[非常快]。

중국은 매우 빠르게 발전한다.

中国 非常 快 发展

d. 他的成绩提高得[很慢]。

그의 성적은 느리게 향상되었다.

他的成绩 慢 提高

e. 春风吹得[游人醉]。

봄 바람이 관광객들이 취하게 불었다.

春风　游人　醉　吹

f. 说话说得[过多]。

말을 과도하게 했다.

话　过多　说

g. 我把房间收拾得[很干净]。

나는 방을 깨끗하게 청소했다.

我　房间　干净　收拾

h. 我的日程安排得[很紧张]。

나의 일정은 빡빡하게 짰다.

我的日程　紧张　安排

看例句(119a-h)，和汉语句子一样，韩语句子中也是一般动词“보다(看)”，“발전하다(发展)”，“향상되다(提高)”，“불다(吹)”，“말하다(说)”，“청소하다(收拾)”，“(계획을)짜다(安排)”都用作谓语。

(三) 情态补语分析

1) NP+PV+得+VP(动词或动词性短语)

(120) a. 饮料洒得[到处都是]。

음료는 도처에 엎질러졌다.

饮料　到处都是　洒

b. 她疼得[躺在床上起不来]。

그녀는 침대에 누워 일어나지 못할 정도로 아팠다.

她　在床上 躺　起不来　疼

c. 这件事情做得[使人气愤]。

이 일은 사람을 격분하게 하였다.

这件事情　使人气愤　做

d. 老大娘一时激动得[说不出话来], 不禁老泪纵横。

할머니는 순간 감동하여 말이 나오지 않았고 눈물이 펑펑 났다.

老大娘 一时 激动 说不出话来 不禁老泪纵横。

从例句(120a-d)中可以知道, 韩语句子中像“도처에(到处都是)”, “침대에 누워 일어나지 못할 정도로(躺在床上起不来)”, “(사람을) 격분하게(使人气愤)”, “말이 나오지 않았고(说不出话来)”一样, 动词或动词词组用作汉语情态补语的句子, 在韩语句子中用状语来表达。

2) NP+PV+得+AP(形容词或形容词短语)

(121) a. 他们爬得[很高]。

그는 매우 높이 올라갔다.

他们 很高 爬

b. 我听得[明明白白]。

나는 분명히 들었다.

我 明明白白 听

c. 他踢得[很漂亮]。.

그는 멋지게 찼다.

他 很漂亮 踢

d. 老师的声音变得[大起来]。

선생님의 소리는 크게 변했다.

老师的声音 大起来 变

e. 面条擀得[又细又长]。

면발은 가늘고 길게 뽑았다.

面条 又细又长 擀

从例句(121a-e)中可以知道，像韩语句子中“매우 높이(很高)”，“분명히(明明白白)”，“멋지게(很漂亮)”，“크게(大起来)”，“가늘고 길게(又细又长)”一样，形容词或形容词组用作汉语情态补语的句子，在韩语句子中全部用状语来表达。

3) NP+PV+得+S2(主谓结构)

(122) a. 我累得[腰痛]。

나는 허리가 아플 정도로 피곤하다.

我 腰 痛 累

b. 他们跑得[满身都是汗]。

그들은 온통 땀이 날 정도로 뛰었다.

他们 满身 都是汗 跑

c. 那个姑娘哭得[眼睛都红了]。

저 아가씨는 눈이 빨개지도록 울었다.

那个姑娘 眼睛 都红了 哭

d. 他看得[连有人进来都不知道]。

그는 어떤사람이 들어오는 줄도 모르도록 보았다.

他 连有人 进来都 不知道 看

e. 一个闪电照得[这一带的草棚雪亮]。

번개가 일대의 초가집이 눈부시도록 비추었다.

一个闪电 这一带的草棚 雪亮 照

从例句(122a-e)中可以知道，像韩语句子中“허리가 아플 정도로(腰痛)”，“온통 땀이 날 정도로(满身都是汗)”，“눈이 빨개지도록(빨개질 정도로)(眼睛都红了)”，“어떤 사람이 들어오는 줄도 모르도록(모를 정도로)(连有人进来都不知道)”，“초가집이 눈부시도록(눈부실 정도로)(这一带的草棚雪亮)”一样，主谓句用作汉语

情态补语的句子，在韩语句子中全部用名词“~(할)정도로(jeongdoro)”，副词型词尾“~(하)도록(dorok)[53]”状语来表达 。

4) NP+PV+得+固定短语

(123) a. 她问得[莫名其妙] 。

그녀는 이상야릇하게 물었다.

她 莫名其妙 问

b. 奶奶走得[气喘吁吁]。

할머니는 숨이 가쁘게 걸었다.

奶奶 气喘吁吁 走

c. 大家笑得[前仰后合]。

모두 몸을 앞뒤로 흔들며 크게 웃었다.

大家 前仰后合 笑

d. 狂风刮得[天昏地暗]。

광풍은 천지사방이 어두컴컴하게 불었다.

狂风 天昏地暗 刮

e. 这篇稿子涂改得[乱七八糟]。

이 원고는 어지럽게 고쳤다.

这篇稿子 乱七八糟 涂改

例句(122a-e)，像汉语句子中“이상야릇하게(莫名其妙)”，“숨이 가쁘게(气喘吁吁)”，“(몸을 앞뒤로 흔들며) 크게(前仰后合)”，“(천지사방이) 어두컴컴하게(天昏地暗)”，“어지럽게(乱七八糟)”一样，固定短语用作汉语情态补语的句子，在韩语句子中，全部用补语来表达。

53 事物的性质或价值从良否，优劣上看，体现达到的分量和水准的词语

5) NP+PV+得+其它(像…一样，有字句，代词，象声词)

(124) a-1. 她全身淋得[像水鸡一样]。

그녀는 온몸이 물에 빠진 생쥐처럼 젖었다.

她 全身 像水鸡一样 淋

a-2. 这孩子笑得[像一朵花一样]。

이 아이는 꽃 한 송이처럼 웃었다.

这孩子 像一朵花一样 笑

a-3. 他醉得[像一只找不到方向的野鸽一样]。

그는 방향을 잃은 비둘기처럼 취했다.

他 像一只找不到方向的野鸽一样 醉

例句(124a1-3)，像韩语句子中“물에 빠진 생쥐처럼(像水鸡一样)”，“꽃 한 송이처럼(像一朵花一样)”，“방향을 잃은 비둘기처럼(像一只找不到方向的野鸽一样)”一样，副词格助词[54]“-처럼(cheoreom)”在韩语句子中用状语来表现。“像…一样”用作汉语情态补语的句子，在韩语句子中，全部用状语来表达。

b-1. 你说得[有道理]。

너는 이치에 맞게 말한다.

你 有道理 说

b-2. 他吃得[有学问]。

그는 학식 있게 먹는다.

他 有学问 吃

b-3. 这次活动办得[有意义]。

이번 활동은 보람차게 한다.

这次活动 有意义 办

---

54 用在体词或谓词的名词型后面，将其变成状语的助词。

例句(124b1-3)，韩语句子中，像“이치에 맞게(有道理)”，“학식 있게(有学问)”，“보람차게(有意义)”一样，有字句用作汉语情态补语的句子，在韩语句子中全部用状语来表现。

c-1. 他长得[什么样子]，我突然想不起来了。

그가 어떻게 생겼는지 갑자기 생각나지 않는다.

他 什么样子 长　突然　想不起来了

c-2. 你过得[怎么样]？

당신은 어떻게 지냅니까?

你　怎么样　过

例句(124c1-2)，韩语句子中写作副词“어떻게(什么样子，怎么样)”的代词汉语情态补语句子，在韩语中全部用状语来表达。

d-1. 肚子饿得[咕咕叫]。

배가 꼬르륵 소리나도록 고프다.

肚子 咕咕　叫　　饿

d-2. 他把键盘敲得[噼里啪啦]。

그는 건반을 타타닥 두드린다.

他 键盘 噼里啪啦 敲

d-3. 孩子们把地板弄得[嗵嗵响]。

아이들은 마루를 통통 소리가 나게 뛴다.

孩子们　地板 嗵嗵　响　　弄

例句(124d1-3)，韩语句子中，写作副词“꼬르륵(咕咕叫)”，“타다닥(噼里啪啦)”，“통통(嗵嗵响)”的象声词汉语情态补语的句子，在韩语句子中全部用状语来表达。

图表6. 从句法上和情态补语相对应的韩语状语

<table>
<tr><th></th><th colspan="2">汉语</th><th>韩语</th></tr>
<tr><td rowspan="2">主语</td><td>(1) 有主语的</td><td>NP
(名词性单词或词组)</td><td>NP
(名词性单词或词组)</td></tr>
<tr><td>(2) 无主语的</td><td>-</td><td>与“-서(seo)”对应
在韩语中是出现原因的标记</td></tr>
<tr><td>谓语</td><td colspan="2">PV(动词)</td><td>PV(动词)</td></tr>
<tr><td rowspan="10">情态补语</td><td colspan="2">(1) VP(动词或动词性短语)</td><td>与状语“정도로(jeongdoro)”或
“-게(ge)”或用作状语的副词对应</td></tr>
<tr><td colspan="2">(2) AP(形容词或形容词短语)</td><td>与状语“-게(ge)”或
用作状语的副词对应</td></tr>
<tr><td colspan="2" rowspan="2">(3) S2(主谓结构)</td><td>与状语“정도로(jeongdoro)”或
“-도록(dorok)”对应</td></tr>
<tr><td>“정도(jeongdo)”是指对事物的性质或
价值从好坏、优劣来看所达到的分量
或水准的名词。和副词格助词
“로(ro)”一起使用，用作状语。</td></tr>
<tr><td colspan="2">(4) 固定短语</td><td>与状语“-게(ge)”对应</td></tr>
<tr><td rowspan="5">(5) 其它</td><td>① 像…一样</td><td>与状语“처럼(cheoreom)”对应
“처럼(cheoreom)”放在体词后，表示
前面单词所带有的典型性特征和相似
或一样的意思的副词格助词(句子里面
将体词转变成状语的助词，即变成状语
的助词)，用在比喻型的表达中。</td></tr>
<tr><td>② 有字句</td><td>与状语“-게(ge)”对应</td></tr>
<tr><td rowspan="2">③ 代词</td><td>与状语“어떻게(eoddeoke)”对应</td></tr>
<tr><td>“어떻게(eoddeoke)”是副词，表达某种
方法或方式还有某种模样或情况，还有
某种理由时使用，用作状语。</td></tr>
<tr><td>④ 象声词</td><td>与状语“-도록(dorok)”或
“-게(ge)”对应</td></tr>
</table>

4.2.2. 语义方面对应分析

4.2.2.1. 义指向主语时的韩语对应形式

(125) a. 我‖在家里睡得[迷糊糊的]。

나는 집에서 [정신없이] 자고 있었다.

我 在家里 迷迷糊糊 睡

b. 眉毛‖弯得[像弦月似的]。[55]

눈이 [마치 반달처럼] 휘었다.

眉毛 像弦月似的 弯

例句(125a-b)中，韩语状语中“정신없이”跟汉语情态补语“迷迷糊糊”相对应，韩语状语中“마치 반달처럼”跟汉语情态补语“像弦月似的”相对应。“정신없이”和“마치 반달처럼”全部都修饰谓语，但是实际的意思是“他”睡得迷迷糊糊的样子，“眉毛”像弦月一样的样子。换句话说，对主语位置上的名词成分进行判断或描写。

来看下面句子。

(126) a. 我‖看书看得[忘了吃饭]。

나는 책을 읽느라 [식사 하는 것마저 잊어버렸다].

因为我看书 [所以忘了吃饭]

b. 他‖跑得[脸色通红]。

그는 뛰어서 [얼굴이 벌겋게 되었다].

因为跑 [所以脸色通红]

例(126a)中，韩语句子是表现“因为埋头读书所以结果连吃饭也忘记了”的因果关系句子。例(126b)中，是表现“他因为跑，所以结果脸变红了”的因

55 姜春华(2005) 例文再引用《现代汉语情态补语与程度补语研究》，上海师范大学博士学位论文

果关系句子。韩语的因果复句和汉语情态补语相对应，谓语表示原因，情态补语表示某种结果，整个述补结构表示某种动作或变化使施事者，受事者出现了某种状态。上面那四个例句，都可看作是和汉语情态补语“NP施+PV+得+AP/VP”形式相对应的形式。情态补语语义指向主语，韩语句中的状语语义指向不变，仍是指向动作的施事。接下来看，

(127) a. 被雨淋得[湿漉漉的]。
비에 젖어서[56] [축축하게 되었다].
因为雨淋 [所以变成湿漉漉的]
b. 晒得[黑乎乎的]。
타서 [거무칙칙하게 되었다].
因为被晒 [所以变成黑乎乎的]
c. 被压得[皱巴巴的]。
눌려서 [구겨졌다].
被压 [皱巴巴]
d. 被管得[老老实实的]。[57]
지도 받아서 [성실해졌다].
被管 [老老实实]

例(127a-d)韩语句子中，“V+(아/어/여)서+A게 되다/V지다”的形态是表现原因-结果的句子，带有“因为淋到雨所以结果变得湿漉漉，因为被太阳晒到，所以结果变得黑乎乎，因为被书或者物体压到，所以结果变得皱巴巴，因为受到老师或者父母的指导，所以结果变得老老实实”的意思。一般汉语的述补结构常出现在被字句和无标志被动句中情态补语语义指向主语，韩语句中的状语语义指向不变，仍是指向动作的受事。将研究结果制作成了

56 表示原因的连接词尾“-서(seo)”来连接前后两个因果复句。

57 姜春华(2005) 例文再引用

如下表格。

图表7. 情态补语语义指向主语时的韩语对应形式

<table>
<tr><th colspan="2">语义指向</th><th>汉语情态补语</th><th>韩语</th><th>备注</th></tr>
<tr><td rowspan="2">主语</td><td rowspan="2">向施事主语</td><td>对主语位置上的名词成分进行评判或描写</td><td>用状语来表达</td><td rowspan="2">韩语句中的状语语义指向不变，仍是指向动作的施事</td></tr>
<tr><td>谓语表示原因，情态补语表示某种结果，整个述补结构表示某种动作或变化使施事者，受事者出现了某种状态</td><td>跟韩语的因果复句相对应</td></tr>
<tr><td colspan="2">语义指向</td><td>汉语情态补语</td><td>韩语</td><td>备注</td></tr>
<tr><td>主语</td><td>向受事主语</td><td>汉语的述补结构常出现在被字句和无标志被动句中</td><td>跟韩语的因果复句相对应</td><td>韩语句中的状语语义指向不变，仍是指向动作的受事</td></tr>
</table>

4.2.2.2 语义指向谓语时的韩语对应形式

(128) a. 那个孩子‖说得[很流利]。

그 아이는 [유창하게] 말한다.

那个孩子 流利 说

b. 他‖起得[很晚]。

그는 [늦게] 일어났다.

他 晚 起

c. 她‖唱得[很好]。

그녀는 [잘] 부른다.

她 好 唱

d. 老师‖跑得[很快]。

선생님은 매우 [빨리] 달렸다.

老师 很 快 跑

例(128a-d)中，属于韩语状语的“유창하게(流利)，늦게(晚)，잘(好)”和“매우(很)”一起使用，充当状语功能的“빨리(快)”跟汉语情态补语的“很流利，很晚，很好，很快”相对应。汉语情态补语“很流利，很晚，很好，很快”是对“说话流畅或吞吞吐吐，起来的早或晚，唱歌唱得好或不好，跑得快或慢”等动作，行为进行判断。来看下面的句子。

(129) a. 她‖吃得[干干净净]。

그녀는 [아주 깨끗하게] 먹었다.

她 干干净净 吃

b. 我们‖玩儿得[高高兴兴]。

우리는 [아주 즐겁게] 놀았다.

我们 高高兴兴 玩儿

c. 字//写得[工工整整]。

글씨를 [아주 깔끔하게] 썼다.

字 工工整整 写

例句(129a-c)中，韩语程度状语“아주(aju)”和形容词一起使用，用作副词的“아주 깨끗하게”，“아주 즐겁게”，“아주 깔끔하게”和汉语情态补语的“干干净净，高高兴兴，工工整整”相对应，上面三个句子都对动词呈现的状态进行描写，在这里写的七个例句都是跟汉语情态补语“NP+PA+得+AP”的形式相对应， 韩语句子中用于谓语的动词是动作动词，程度副词或形容词或者程度副词和形容词一起用作状语修饰动词。情态补语语义指向谓语，韩语句中的状语语义指向不变，仍是指向谓语动词。研究结果制作成表结果如下：

图表8. 情态补语语义指向谓语时的韩语对应形式

语义指向	汉语情态补语	韩语	备注
述语动词	(1) 表示动作，行为进行评价或判断	用状语来表达	韩语句中的状语语义指向不变，仍是指向谓语动词
	(2) 对动词呈现的状态进行描写[59]		

4.2.2.3 语义指向“把”字宾语的韩语对应形式

(130) a. 她‖把杯子摔得[粉碎]。

그녀는 컵을 [산산조각나게] 깨뜨렸다.

她　杯子　粉碎　　　　摔

b. 他‖把孩子打得[头都破了]。

그는 아이를 [머리가 깨지도록/깨지게]때렸다.

他　孩子　　　头破　　　　　　打

例(130a-b)中 韩语状语“산산조각나게, (머리가)깨지게”与汉语情态补语“粉碎，(头都)破了”相对应，并不是指 她或 他做的行为，而是指向“깨진 컵(被摔的杯子)”和“맞은 아이(被打的孩子)”的“把”字宾语。情态补语语义指向“把”字宾语，韩语句中的状语语义指向不变，仍是指向“把”字的宾语。接下来看，

(131) a. 妈妈‖把孩子抱得[死死的]。

엄마는 아이를 [꽉] 끌어 안았다.

妈妈　孩子 死死　抱

58 柳英绿(2002) 充当状态形容词的情态补语在韩语中一般用状语来表现。比如类似这样的单词有文绉绉、香喷喷、懒洋洋、甜丝丝、甜滋滋、硬梆梆、圆溜溜、烂乎乎、古里古怪、工工整整、干干净净、端端正正、别别扭扭、清清楚楚、歪歪斜斜、顺顺当当、匆匆忙忙 等等

b. 他们‖把书包放得[很整齐]。

그들은 책가방을 [가지런히] 놓았다.

他们 书包 很整齐 放

例(131a-b)韩语副词性状语“꽉, 가지런히”与汉语情态补语“死死的，很整齐”相对应，并不是指位于主语位置的妈妈或他们，而是指向“孩子”和“书包”的“把”字宾语。韩语句子中必须有受事宾语。

(132) a. 他‖把汉字写得[很工整]。

그는 한자를 [깔끔하게] 썼다.

他 汉字 工整 写

b. 老师‖把假期活动计划得[非常周到]。

선생님은 방학 활동을 [아주 세밀하게] 짰다.

老师 假期活动 非常周到 计划

例(132a-b)中韩语惯用词性状语“깔끔하게(工整)”和“아주(很，非常)”一起使用，用作状语的“세밀하게(非常周到)”与汉语情态补语“很工整，非常周到”相对应，并不是指主语“他”或“老师”，而是指把字宾语的“汉字”和“假期活动”。

(133) a. 把我走得[脚都肿了]。

나는 [걸어서[59]] 발이 부었다.

因为我走，所以脚肿了

b. 把妈妈哭得[眼睛都肿了]。

엄마는 [울어서] 눈이 부었다.

因为妈妈哭，所以眼睛肿了

59 “-서(seo)”以先行文作为后行文的理由或原因的意义使用

例(133a-b)中出现了因果关系，这个复句虽然在韩语句中没有受事宾语，但是需要把字句来进行表达。以“-서(seo)”来连接的这个句子，前面部分出现了原因和理由，后面部分出现了结果。上面用作例句的八个句子，可以看作与汉语情态补语“NP+把+N+PV+得+AP/VP/SP”相对应，韩语状语是汉语情态补语对“把”字宾语进行描写或陈述。将研究结果制作成表，结果如下。

图表9. 情态补语语义指向“把”字宾语的韩语对应形式

语义指向	汉语情态补语	韩语	备注
把字句	对“把”字宾语进行描写或陈述	用韩语“~게(ge)”式状语来表达	韩语句中的状语语义指向不变,仍是指向“把”字的宾语
		用韩语的副词性状语来表达	韩语句子中必须有受事宾语
		用韩语的形容词状语来表达	-
		韩语因果复句	-

4.3. 韩语副词型词尾的状语与汉语状态状语和情态补语的关系

通过下面的句子，来分析带有韩语副词型词尾的状语与汉语状态状语和情态补语的关系。

(134) a. 나는 어제 즐겁게 놀았다. (我昨天玩得很高兴)

我 昨天 高兴 玩

b. 저 아가씨는 눈이 빨개지도록 울었다. (那个姑娘哭得眼睛都红了)
  那个姑娘 眼睛 红 哭了
c. 그는 물 흐르듯이 일을 처리한다. (他事情处理得得心应手)
  他 水 如流 事情 处理

(135) 선생님은 항상 큰소리로 말한다. (老师常常大声说话)
  老师 常常 大声 说话

汉语是状语或补语各自表达的意义不同，作用也不一样，在句子中，其差异很明显的表现出来了。查看例句(134a)就能发现，形容词“高兴”用作情态补语，对动作动词“完”的结果进行描写，句子的焦点在动作的程度和结果，所以焦点在情态补语“高兴”。例句(134b)中，主谓结构“眼睛都红了”用作情态补语，对动作动词“哭”进行描写，句子的焦点在“眼睛都红了”。例句(134c)中，固定短语“得心应手”用作情态补语，对动作动词“处理”进行描写，句子的焦点在“得心应手”。例句(135)中，“큰 소리로(大声)”用修饰动词的状态状语来表现，句子的焦点在动作的描写，所以说话的动作用“큰 소리로(大声)”来表现。

韩语例句(134a)中的“즐겁게(高兴)”是副词型转成词尾“-게(ge)”加在谓语动词“놀다(玩儿)”后面，用作状语。例句(134b)中的“눈이 빨개지도록(眼睛都红了)”是副词型转成词尾“-도록(dorok)”加在谓语动词“울다(哭)”后面，用作状语。例句(134c)中的“물 흐르듯이(得心应手)”是副词型转成词尾“-듯이(deut-i)”加在谓词动词“처리하다(处理)”后面，用作状语。看例句(134a-c)就能发现，玩儿得程度怎么样，哭了以后结果变得怎么样，事情处理到什么程度等所有都带着程度和结果的意义。

不是所有的韩语状语都能用作汉语情态补语，韩语副词型转成词尾“-게(ge)，-도록(dorok)，-듯이(deut-i)”作为在表现动作的程度或结果时用的状语，

与汉语情态补语相对应。汉语情态补语的意义焦点也是在动作的“程度”和“结果”，所以从这点来看，与带有体现“程度”意义的韩语状语相对应。

汉语的情态补语的重点放在对动作状态的评价或者动作进行后结果的描写。与此不同，状语的重点在于动作所进行的状态或描写动作的方式。虽然其差异很明显，但汉语的状态状语和情态补语在所有韩语中，都用体现状态的状语来表示，所以学习者们很容易感到困难。例如，

(136) a. 春节假期过得十分愉快。

설 연휴를 매우 즐겁게 보냈다.

春节假期 十分 愉快 过

b. 他们俩愉快地交谈着。

그들 둘은 즐겁게 교재한다.

他们 俩 愉快 交谈

上面的例句(136a)，在说明“过了春节的人十分愉快地度过了时间”。例句(136b)中，重点放在“在愉快的情况下交谈”上，进行叙述。还有情态补语常用于表现已经做了的事，或者常常持续的事，就像下面的例句所说，关于以后将会发生的事情，使用情态补语的情况也很多。例如，

(137) 祝你们在中国逗留期间过得愉快。

너희들이 중국에서 즐겁게 지내길 바란다.

你们 中国 在 愉快 逗留 祝

但是，这个例句也是希望听的人可以度过愉快的时光，所以结果情态补语表现了动作所前进的方向是何种情况。除了汉语情态补语语法规则，还需要对情态补语和状语的语义重点差异进行正确说明。

图表10. 韩国学习者在学习情态补语感到困难的原因

	汉语	韩语
情态补语	焦点在动作的程度和结果	—
状态状语	焦点在动作的描写	韩语中因为没有情态补语，所以汉语中的情态补语和状语都只能用韩语的状语来表达。学习者要理解并恰当使用汉语情态补语和状语并不简单。

这样的话，来了解一下韩国学习者在看到韩语状语句子后，为了能活用汉语“得”字情态补语或状语去准确表达句子意思所需要考虑的要素。

(138) a. 꽃이 예쁘게 피었다. (花开得很漂亮)
　　花 漂亮 开
b. 그는 밥을 빨리 먹고 있다. (他饭吃得很快)
　　他 饭 快 吃
c. 이 학생은 노래를 매우 잘 부른다. (这个学生歌唱得非常好)
　　这个学生 歌 非常 好 唱
d. 소매치기가 재빨리 달아났다. (小偷一溜烟得逃跑了)
　　小偷 一溜烟 逃跑

例句(138a-d)中，“예쁘게(漂亮)”，“빨리(快)”，“잘(好)”还有“재빨리(一溜烟)”都是放在谓词前用作状语。这里的状语起到如下作用：

第一，描写动作的状态或过程。描写花开得很漂亮的状态和饭吃得慢还是快的速度。

第二，评价或描写动作的结果。起到对歌唱得好还是不好这个动作程度的评价的作用，和对小偷逃跑的速度到底是快是慢的描写的作用。像这样，韩语状语是起到对动作的过程和结果都进行描写的作用。

观察汉语补语和韩语状语的语法功能的话，就可以发现共同点，这个共同点就是对谓语的补充作用。从对谓语进行补充这个意义上看的话，虽然好像起到相同的作用，但是汉语补语和韩语状语在句中所占据的位置不同，韩语状语包含了汉语补语和汉语状语两种意义。让我们先来看下面的两个句子。一个是补语句子，另一个是状语句子。

(139) a. 她吃饭吃得[很慢]。(情态补语) 그녀는 밥을 천천히 먹었다.
她 饭 慢慢 吃

b. 慢慢地吃吧。(状语) 천천히 드세요.
慢慢 吃

汉语句子中，各自用情态补语和状语来表现，用作情态补语时就放在谓语后面，用作状语时就放在谓语前面，但是韩语句子中则都以位于谓语前面的状语来表现。还有，这两个句子在汉语中是两个各自不同的句子，但是在翻译成韩语时，在表达上完全一样。

换句话说，情态补语是对已经发生的动作的结果进行评价，说明，描写，那个动作一般来说已经完成或者经常发生或者是相互间已认知的。即，情态补语是阐述动作的结果或者状态，由于得到评价的性质，主要使用在能力和习惯性的行动上，使用在会做某件事且已认知了事情状况的情况下。

相反，状语是描述动作的状态和进行过程的成分，因为状语是动作的准确或者修饰状态的的补充成分，作为单纯描述动作的状语来使用。因此，句子中有明显的意义差异。

但是，上面的例句(139)里，a和b的“慢”在韩语里面都表述为“천천히”。让我们来了解一下韩国学习者在试图把a和b两个句子翻译成汉语时，该如何区分这个意义差异，是否要分别用汉语补语句子和汉语状语句子来表达。来看下下面的例子。

(140) a. 他笑得很豪爽。그는 호탕하게 웃었다.
他 豪爽 笑

b. 我今天走得很远。나는 오늘 멀리 걸었다.
我 今天 远 走

c. 那个孩子成长得很出色。그 아이는 훌륭하게 성장했다.
那个孩子 出色 成长

d. 她瘦得很多。그녀는 살이 많이 빠졌다.
她 肉 多 瘦

在例句(140a-d)中,“호탕하게(豪爽), 멀리(远), 훌륭하게(出色), 많이(多)”全部都是韩语状语。例句(140a)的“호탕하게(豪爽)”是描写笑的模样或者笑的声音，例句(140b)的“멀리(远)”是指离支点非常远的状态，例句(140c)的“훌륭하게(出色)”是说因为相当好所以没有可挑剔的地方的状态，例句(140d)的“많이(多)”是说数目或者分量，程度之类超过固定基准的状态。看例句(140a)的话，“호탕하게(豪爽)”表现笑的程度。也就是说，是只微笑呢还是发出声音地笑呢，是笑过之后应该知道的事实。看例句(140b)的话，“멀리(远)”是显示走的结果。也就是说只有走的动作结束之后才知道是走的很远的事实。例句(140c)的“훌륭하게(出色)”是显示成长之后的结果。同样在成长之前，是不知道出色地成长还是一般般地成长的。例句(140d)的“많이(多)”也是，瘦的程度是多还是少，是在胖或者瘦之后可以知道的事实。还有就是，谓语全部都是“笑了，走了，成长了，瘦了”过去发生的事。

像这样显示动作发生的状态和结果，程度的时候所使用的韩语状语可以对应用动作的结果来表现显示的状态或程度的汉语的情态补语。接下来一起来看一下下面的例句。

(141) a. 我睡得很好。나는 잘 잤다.
我 好 睡

b. A: 他在做什么？그는 무엇을 하고 있니?
他 什么 做

B: 他在慢慢地跑。그는 천천히 뛰고 있어.
他 慢慢 跑

例句(141a-b)中，a是汉语情态补语句子，b是汉语状语句子。韩语句子是两个都用韩语状语来表达。例句(141a)的焦点是在补语“好”上，睡得好的程度，即，描写动作的结果，例句(141b)的焦点在谓语“跑”上，描写跑的动作过程。我们在4.3中所阐明的韩语状语具有可以对动作的过程和结果都进行描写的功能这点，在这个例句中可以得到确认。

韩语状语因为可以描写动作的过程和结果，所以在用汉语来表现时，用表示过程的状语和表示结果的补语来表达。为了区分韩语中的一些句子具体应该用汉语状语还是用汉语补语来表达时，应该确认以下几点。

第一，应该确认动作是否发生。看例句(139a)，例句(140a-d)和(141a)的韩语句子就能发现所有的动作已经发生。句子已经发生的情况，大部分用汉语补语来表现。

第二，应该确认句子的焦点位于哪里。看例句(139a)和例句(141a)的韩语句子就能发现焦点在各自的副词“慢慢”和“好”上， 例句(139b)和例句(141b)是谓语“做什么”，即焦点在“吃”和“跳”上。句子的焦点如果在谓词上，就用汉语状语，如果焦点在状语上，就用汉语补语来表现。

第三，应该确认是否包含劝导或命令的意义。看例句(139b)的韩语句子就能发现，是在劝导对方慢慢吃饭。如果有劝导或命令意义存在的话，就应该用汉语状语来表达。

4.4. 本章小结

本章对韩语状语中的哪些状语与汉语“得”字情态补语相对应，以及反过来汉语“得”字情态补语又与哪些韩语状语相对应进行了观察。分析结果可以得到如下事实。韩语状语的以下两种情况与汉语“得”字情态补语相对应。

第一，副词型词尾“-게(ge)，-도록(dorok)，-듯이(deut-i)”的谓词的活用型，充当状语。

第二，谓词中派生出的副词“-이/히(i/hi)”，伴随主语，宾语等，起谓语的作用，充当状语。

韩语状语中，具有“比喻，程度，结果，状态”意思的副词型词尾“-게(ge)，-도록(dorok)，-듯이(deut-i)，-이/히(i/hi)”与汉语“得”字情态补语相对应。

“-게(ge)”是作为形容词状语的活用状语，加在形容词词干后面，只有在修饰动词的情况下才与情态补语相对应。

“-게(ge)”是与状态性谓词相结合，具有NP+A-게(ge)+VP的形式，具有“状态，程度”的意思，与汉语“得”字情态补语中“NP+PV+得+AP”的形式相对应。

作为动词性状语的情况，可以与“-도록(dorok)”相对应使用，具有“结果”的意思，与汉语“得”字情态补语中“NP+PV+得+VP”的形式相对应。

“-도록(dorok)”加在动词的词干或先语末语尾“-으시(eusi)-”的后面，表达动作的程度，结果和时间的限定之类。

“-도록(dorok)”是与动词性谓语相结合，具有NP+V-도록(dorok)+VP的形式，与汉语“得”字情态补语中“NP+PV+得+S2”的形式相对应。

“-듯이(deut-i)”加在谓词“이다(ida是)”的词干或先语末语尾“-으시(eusi)-，-었(eot)-，-겠(get)-”的后面，表现后面小节内容和前面小节内容相似或程度相同。

具有NP+V-듯이(deut-i)+VP的形式，并与汉语“得”字情态补语中

“NP+PV+得+固定短语”的形式相对应。

“-이/히(i/hi)”是作为形容词状语的派生状语，加在形容词词干后面，修饰动词,表现动作的状态，具有NP+A-이/히(i/hi)+VP的形式，与汉语“得”字情态补语中“NP +PV+得+AP”的形式相对应。

上面描写的韩语状语的所有语义都指向谓语，表达了谓语的“结果，状态，比喻，程度”等。

不是所有的韩语状语都能用作汉语情态补语，韩语副词型转成词尾“-게(ge)，-도록(dorok)，-듯이(deut-i)，-이/히(i/hi)”作为在表现动作的程度或结果时用的状语，与汉语情态补语相对应。汉语情态补语的意义焦点也是在动作的“程度”和“结果”上，所以从这点来看，与体现“程度”意义的韩语状语相对应。

对汉语“得”字情态补语和韩语的何种句子成分相对应，从句法，语义观点上进行了分析, 可以得出如下结论：在汉语中，情态补语可以分成有主语和无主语两种，有主语的在韩语中也是以名词性单词或词组组成，无主语的与在韩语中出现原因的标记“-서(seo)”相对应。谓语是和韩语一样都用动词来表达。汉语的情态补语在韩语中，全部用副词来表达。

情态补语语义指向主语时，对主语位置上的名词成分进行判断或描写。可分为两类：一类指向施事主语，由形容词性短语，动词性短语充任；另一类是指向受事主语，由谓语性短语充任，常出现在被字句和无标志被动句中。这两类情态补语有时候对应于韩语的状语，此时韩语句中的状语语义指向不变。情态补语语义指向“把”字宾语进行描写或陈述，由形容词性词语或动词性词语充当。

情态补语语义指向谓语动词时，其作用有两个：一是对动词所表示的动作，行为进行评价或判断。二是对动词呈现的状态进行描写。两个一般都用韩语状语来表达。此时韩语句中的状语语义指向不变。情态补语语义指向谓语动词时，有时候也可对应于韩语中的谓语，但汉语的状语一般只能对应于韩语的状语，而不能对应于韩语的谓语。

“把”字宾语指向有四类：一是对应于韩语的“-게(ge)”式；二是对应于韩语的副词性状语，此时韩语句子中必须有受事宾语；三是对应于韩语的形容词状语；四是对应于韩语因果复句。

韩语状语因为可以描写动作的过程和结果，所以在用汉语来表现时，用表示过程的状语和表示结果的补语来表达。为了区分韩语中的一些句子具体应该用汉语状语还是用汉语补语来表达时，应该确认以下三点：第一，应该确认动作是否发生。第二，应该确认句子的焦点位于哪里。第三，应该确认是否包含劝导或命令的意义。

图表 11. 与韩语状语对应的汉语“得”字情态补语句

韩语状语		韩语状语语义指向	汉语“得”字情态补语
-게(ge)		谓语	NP+PV+得+VP
			NP+PV+得+AP
			NP+PV+得+有字句
			NP+PV+得+象声词
-도록(dorok)		谓语	NP+PV+得+S2
			NP+PV+得+象声词
-듯이(deut-i)		谓语	NP+PV+得+固定短语
-이/히(i/hi)		谓语	NP+PV+得+AP
其他	-정도로(jeongdoro)	谓语	NP+PV+得+VP
			NP+PV+得+S2
	-처럼(cheoreom)	谓语	NP+PV+得+像~一样
	어떻게(eoddeoke)	谓语	NP+PV+得+代词

5. 汉语“得”字程度补语和韩语状语的关联性

5.1. 汉语“得”字程度补语和相关联的韩语状语研究

第三章了解了韩语状语生成的五种情况。接下来将对这之中与汉语“得”字程度补语相关联的“副词直接充当状语”的情况进行深入分析。

副词句法上可以分成限定及修饰谓语的意思的成分副词，修饰文章整体的文章副词，用在句子前面提示和前面句子意义关系的接续副词等这样三种。语义上可以分类成叙法副词，接续副词，样态副词，程度副词，时间副词，空间副词等。

和汉语程度补语相关联的韩语副词，从语义上的观点来看时，是程度副词[60]，程度副词从句法上的观点来看的话，属于成分副词。

程度副词起到限定并修饰谓语的作用，一般位于形容词和心理动词前面，不会用在动作动词前面。心理动词中也是不能用程度副词来修饰，像“느끼다(感觉)”，“알다(知道)”，“기억하다(记住)”，“믿다(相信)”，“생각하다(想)”这样的一部分心理动词，不能用程度副词来修饰。其结构如下：

S(主语) + DA(程度副词) + A/V心理(谓语)
(状语)

60 韩语程度副词在大部分的句子中就算混用也不会造成很大的问题，但是每个词汇都带有一点各自不同的感觉，所以在特定句子中如果选错副词的话，就会发生预感变奇怪的情况。比如，“너무(过于)”在词典中是“超过了一定的程度界限”的意思，作为具有否定意义的词汇，和表达肯定意义的谓词是不合适的。

关于程度副词的种类，学者们的意见多种多样[61]，但是大致上有“매우(十分: 远超过一般的程度)，너무(过于: 超过限定的程度或界限)，아주(很: 某种状态或性质感觉远超过一般的程度)，꽤(特: 比普通稍微多一点)，몹시(非常: 无法再严重下去的程度)，참(真(的): 其程度很大或真实性很强)，무척(极(为): 超过了普通的程度)， 대단히(非常，相当: 非常严重的程度)”。

程度副词带有“比较，肯定，否定，量，强调”等意义，带有比较意义的程度补语有“가장(最)，더(更(加))，덜(不太)”等，带有肯定意义的程度副词中有“한결(更加)，훨씬(更加，大大地)，퍽(颇为，甚为)”，还有带有否定意义的程度副词有“너무(过于)，몹시(非常/极度)”，“몹시(非常/极度)”并不是只修饰否定性的词汇，有时也会修饰带有肯定性意义的词汇。带有量的程度副词有“조금(一点)”，带有强调意义的程度副词有“아주(很)，매우(十分)， 참(真的)， 무척(极为)”等。

(142) a. 우리 반에서 연민정이 <u>가장</u> 구두쇠다. (我们班里连敏静最抠门)
我们班里 连敏静 最 抠门

61

学者	韩语程度副词的分类
Choi-hyeonbae (1929)	表达程度高的程度词: 매우(十分)，훨씬(更加，大大地)，퍽(颇为，甚为)，심히(甚)，지극히(至极)，하도(极)，너무(过于)，가장(最)，자못(极其)，영(完全)，아주(很)，전혀(全然)，꽤(特) 表达程度低的程度词 : 조금(一点)，좀(稍微)，약간(若干)，거의(几乎)
Hong-saman (1977)	가장(最)，매우(十分)，아주(很)，몹시(非常)，퍽(颇为，甚为)，썩(非常)，무척(特别) 극히(极度)，대단히(非常，相当)，상당히(相当)，심히(甚)
Jeong-cheoljoo (1982)	좀(稍微)< 제법(够)，꽤(特)，퍽(颇为)，썩(非常) < 무척(特别)，너무(过于) < 몹시(非常)，상당히(相当)，대단히(特别)，굉장히(相当) < 가장(极)，제일(最)
Lee-seokgyu (1987)	质，量程度词: 몹시(十分)，무척(非常)，퍽(颇为)，꽤(特)，좀(稍微) 强调程度词 : 아주(很)，매우(十分)，참(真的)，썩(非常)，너무(过于) 比较程度词 : 훨씬(更加)，한결(更加)，더(更)，덜(不太) 条件程度词 : 가장(最)，거의(几乎)，제법(够) 特殊程度词 : 겨우(勉强)，고작(也就)
Son-namik (1989)	거의(几乎)，겨우(勉强)，고작(也就) < 한결(更加)，제법(够)，아주(很)，무척(十分)，매우(十分)，퍽(颇为)，썩(非常)，꽤(特) < 너무(过于)，훨씬(更加)，워낙(太) < 가장(最)

b. 광주가 서울보다 공기가 더 좋다. (光州比首尔的空气好多了)

光州 首尔 比 空气 多 好

c. 아침보다 덜 춥지? (和早晨相比不太冷吧？)

早晨相比 不太 冷 吧

带有“比较”意义的程度副词，拥有比较的基准，用在比较句子中。像例句(142a)一样，“가장(最)”是用在绝对比较句子中，只能用在有三个以上比较对象的情况下，像例句(142b-c)一样，“더(更加)”和“덜(不太)”是对比两个比较对象，用在和“-보다(比)[62]”一起使用的相对比较句子中。

就如同例句中所看到的，带有比较意义的程度副词和汉语“得”字情态补语和程度补语没有关联。但是，“더(更加)”和其他副词(评价或描写动作动词的副词)一起，用做叙述动作动词的状语时，和汉语情态补语相对应。让我们来看看下面的例句。

(143) a. 그녀는 어제 그보다 노래를 더 잘 불렀다. (她昨天唱歌唱得比他更好)

她 昨天 他比 歌 更 好 唱

b. 그는 나보다 더 빨리 걷는다.(他比我走得更快)

他 我比 更 快 走

汉语中比较句“A比B+形容词”在韩语中也是用“A는 B보다 형용사하다(A比B+形容词)”来表现，所以学习者犯错的几率很低。但是，上面的例句虽然是“比较”，但是因为要使用情态补语来表达，所以会让学习者们感觉到困难。

例句(143a)中，韩语句子是把评价“(노래를(歌)부르다(唱)”这个动作动词的副词“잘(好)”和程度副词“더(更)”一起用作状语，修饰谓语“부르다(唱)”。但是在汉语句子中，出现评价的“好”不是和状语，而是和情态补语相对应。

62 韩语中用作助词，带有“某种水平或者对比以前，更上一层”的意思

例句(143b)中，韩语句子是把评价“걷다(走)”这个动作动词的副词“빨리(快)”程度副词“더(更)”一起用作状语，修饰谓语“걷다(走)”。但是在汉语句子中，出现评价的“快”不是和状语，而是和情态补语相对应。

c. 이 고기는 덜 구워졌어. (这块肉烤得不太熟)

这块肉 不太 烤

例句(143c)中，“덜(不太)”不是比较句，而是在陈述句或疑问句中作为副词，具有比“某个基准或程度弱一点”的意思，不需要其他状语的帮助，和动词或形容词一起使用组成句子，与汉语“得”字情态补语相对应。

(144) a. 세수를 하고 나니 머릿속이 한결 맑아졌다.

(洗漱完了以后头脑更加清楚了)

洗漱 完了以后 头脑 更加 清楚了

b. 시간은 벌써 12시를 훨씬 넘어 있었다. (时间已经过了12点很久了)

时间 已经 12点 很久了 过了

c. 아이들은 놀이공원 가는 것이 퍽 즐거운 모양이다.

(孩子们相当喜欢去游乐园)

孩子们 游乐园 去 相当 喜欢

d. 오랜만에 만나니 몹시 기쁘다. (好久不见非常高兴)

好久不见 非常 高兴 (相隔好久才相见高兴极了)

e. 그녀는 공부를 대단히 잘 한다. (她学习相当不错)

她 学习 相当 不错

(145) a. 그 사람은 너무 염치가 없어! (那个人太无耻了)

那个人 太 无耻了

b. 나는 지금 배가 몹시 고프다. (我现在肚子非常饿)

我 现在 肚子 非常 饿 (我现在肚子饿死了)

c. 그는 고집이 대단히 세다. (他相当固执)

他 固执 非常 强

带有“肯定，否定”意义的程度副词，将被修饰词的意义局限于肯定和否定的词汇意义。所以，带有肯定意义的程度副词和带有否定意义的被修饰词相连接或变成和它相反的情况的话，句子就会变得非常不自然。有时带有否定意义的程度副词也会修饰肯定性的词汇，这个时候的程度副词就不再是否定的意义，而是只体现它的强调意义。

让我们来看一下例句(144d)和例句(145b)，“몹시(非常)”这个单词既带有肯定意义，又带有否定意义，例句(144d)中，“非常”不再是否定意义，而是成了修饰形容词“기쁘다 (高兴)”，起到强调作用的副词。各种各样的程度副词中，“몹시(非常)”就如例句(144d)或例句(144b)中所看到的，与没有汉语“得”字的程度补语相对应。

就如同例句中所看到的，带有肯定，否定意义的程度副词和汉语“得”字情态补语和程度补语没有关联。

(146) 나는 밥을 조금 빨리 먹었다. (我吃饭吃得稍微快了一点)

我 饭 稍微 快 吃了

带有“量”的意义的程度副词，带有可以修饰动作动词的特征。和样态副词[63]起到相同的作用。就如同例句中所看到的，带有量的意义的程度副词和汉语“得”字情态补语有关联。

63 体现说话者态度的文章副词。有“과연(果然)，설마(恐怕)，제발(千万)，정말(真的)，결코(绝不)，모름지기(应该)，응당(应当)，어찌(怎么)”等等。

(147) a. 그는 아주 똑똑하다. (他很聪明)

他 很 聪明

b. 오늘 매우 춥다. (今天非常冷)

今天 非常 冷 (今天冷死了)

c. 내 아기는 참 예쁘다. (我的孩子真的漂亮)

我的孩子 真的 漂亮

d. 어머니는 나의 합격 소식에 무척 기뻐하셨다.

(妈妈听到我合格的消息非常开心) (听到我合格的消息妈妈开心极了)

妈妈 我 合格的消息 非常 开心

e. 생각보다 학교가 꽤 멀다. (学校比想象的远多了)

想象 比 学校 多了 远 (没想到学校这么远)

起到强调作用的程度副词，单纯的起到强调被修饰词的程度作用。"매우(十分/非常)"或者"무척(极为/非常)"就如例句(147b)或例句(147d)中所看到的，与没有汉语"得"字的程度补语相对应。

就如同例句中所看到的，带有强调意义的程度副词和汉语"得"字情态补语和程度补语没有关联。

图表 12. 与汉语补语相对应的韩语程度副

韩语程度副词的意义资质	韩语程度副词的形式和种类	汉语补语
比较	S+가장(最)+A/V心理	—
	S+더(更(加))+A/V心理	NP+VP+得+比NP+更+AP
	S+덜(不太)+A/V心理	NP+VP+得+不太+AP
	备注："더(更加)"本身和汉语补语没有一一对应，但是和其他副词一起用作状语的情况下，与情态补语相对应。	
	S+한결(更加)+A/V心理	—
	S+훨씬(大大的)+A/V心理	—

肯定	S+몹시(非常/度)+A/V心理	NP+PA+Adv
	S+퍽/대단히(相当)+A/V心理	—
	备注：“몹시(非常/极度)”不管是在肯定意义还是否定意义情况下，都与不用“得”字的程度补语相对应。	
否定	S+너무(过于)+A/V心理	—
	S+대단히(相当)+A/V心理	—
	S+몹시(非常/极度)+A/V心理	—
量	S+ 조금(一点)+A/V心理	NP+VP+得+AP+一点
强调	S+아주(很/非常)+A/V心理	NP+PA+Adv
	S+매우(十分/非常)+A/V心理	NP+PA+Adv
	S+참(真的)+A/V心理	NP+PA+Adv
	S+무척(极为/非常)+A/V心理	NP+PA+Adv
	备注：与不用“得”的程度补语相对应	

5.2. 汉语“得”字程度补语和与之相对应的韩语句子成分

本章中，以第三章的研究结果为基础，对韩语状语和汉语程度补语的对应情况或关系进行考察。首先对汉语程度补语和韩语状语之间的词性，成分，结构上是何种对应关系进行描写和分析，然后对汉语程度补语和韩语状语之间在语义上何种对应关系进行详细的归纳和分析。

需要说明的是，该问题的研究前人也有了一定的成果，比如柳英绿(2002)[64]，姜春华(2005)[65]，吕文华(2008)和尹远菱[66] (2010)的“得”字补语研究，都

64 柳英绿(2002)《韩汉翻译基础》，延边出版社

65 姜春华(2005)《现代汉语情态补语与程度补语研究》，上海师范大学博士学位论文

66 Yun-wonreung(2010)《汉语‘得’字补语句之教学语法排序研究》，전북대학교 박사학위논문

很有见地，是本研究的基础。笔者将在此基础上作出力所能及的进一步的描写和分析，提出自己的看法。

现代汉语中能够成为程度补语的副词都是程度副词。程度补语用在非修饰词后面，和状语一起对非修饰词进行补充，说明，是句子的必需成分。程度补语带有结果或状态，数量，程度等意义，所以在意义论观点上看的时候，和程度状语拥有相类似的一面。

(148) 她很高兴。
　　她高兴得很。

相同的程度补语“很”在一个句子中用作程度副词，在另一个句子中用作程度补语，可以看到其在两个句子中变成不同成分的情况，翻译成韩语时，两个句子全部都翻成“나는 매우 기쁘다(我很高兴)”就可以了。从上面的例句中可以知道韩语程度状语在汉语中既可表现成程度状语，也可表现成程度补语，可以看出这是因为韩语中没有与汉语程度补语相对应的表达方法，所以用和它最相近的表达方式-程度状语来表达。

(149) a. 她真是可爱得很。
　　b. 这本书我喜欢得很。
　　c.*雪白得很

例句(149a-b)中，性质形容词“可爱”或“喜欢”是用作强化或者补充说明的程度补语，但是像例句(149c)中“雪白(눈처럼 희다)”一样，出现事物的状态，带有明显描写性的状态形容词是无法伴随程度补语的。可以同时用作程度状语和程度补语的程度状语有“很，极，非常，过分，无比”等，只能用作程度补语作用的程度副词有“要命，不得了，慌，坏”等。让我们来看下例子。

(150) a. 她没去约会很后悔。(程度状语)

그녀는 약속에 나가지 않을 것에 대해 매우 후회했다.

她 约会 没去 很 后悔

b. 她没去约会后悔得很。(程度补语)

그녀는 약속에 나가지 않을 것에 대해 매우 후회했다.

她 约会 没去 很 后悔

c. 晚上回来，寂寞得要命/不得了，心里不知怎么的总觉得不快。(程度补语)

저녁에 집에 돌아올 때 몹시 적막해서 마음속에 왜인지 모르게 늘 불쾌함을 느낀다.

晚上 回来 要命/不得了 寂寞 心里 怎么 不知 总 不快 觉得

例(150a-c)中，例(150a)中的“很”修饰心理动词“后悔”，用作程度状语，例(150b)中的“很”对谓语动词进行补充，用作程度补语。例(150c)中的“要命/不得了”作为程度补语，对谓语形容词“寂寞”进行补充，用作程度补语。程度补语可以表现程度的高低，虽然和程度状语具有相同的功能，但是它比程度副词更强调其程度。

(151) a.骄傲得不得了

b.今天累坏了。

c.他聪明过分。

程度补语的表现方式有① PA+得+Adv(程度副词：很，多，慌，要命，不得了等)② PA+程度副词(极，多，透，远，坏等)+了 ③ PA+程度副词(非常，过分，无比，万分等)。例(151a-c)中，可以像例(151a)一样，以形容词谓语“骄傲”+得+程度补语“不得了”来表达，也可以像例(151b)一样，以形容词谓语“累”+程度副词“坏”+了来表达， 也可以像例(151c)一样，以形容词谓语“聪明”+程度副词“过分”来表达。三个句子都表达了程度的深。

汉语程度副词用在非修饰语后面，作为补充非修饰词意义的补语，因为这个特性，很难把韩语程度状语和韩语程度副词形容成完全一一对应的关系。

5.2.1. 句法方面对应分析

（一）主语分析

(152) a. 我羞愧得要命。

나는 창피해 죽겠다.

我 羞愧 要命

b. 手术部位还疼得了不得。

수술 부위가 아직도 너무 아프다.

手术部位 还 了不得 疼

c. 两人紧张得不敢吐气。

두 사람은 토할 정도로 긴장된다.

两人 不敢吐气 紧张

d. 非洲的小女孩子饿得瘦瘦的。

아프리카 소녀는 배고파서 말랐다.

非洲的小女孩子 饿 瘦瘦的

韩语是像例句(152a-d)一样，“나(我)”，“수술부위(手术部位)”，“두 사람(两人)”，“아프리카 소녀(非洲的小女孩子)”后面跟助词“-은(eun)，-는(neun)，-이(i)，-가(ga)”，变为有谓词出现的动作或状态的主体做主语。韩语的名词是比起其自身的机能，加上格助词变成另一种句子成分，所以在仅展现它自身机能的句子中，和体现其主语，定语，宾语，谓语功能的汉语完全不同，但是名词性单词或词组主要放在主语的位置。

(二) 谓语分析

“NP+PA+得+DC”结构中“得”前的谓语只能是两类词：

一类是表示事物属性的性质形容词以对性质或者情况的评价或者判断的意义出现。

(153) a. 今年夏天热得要命。

올해 여름은 매우 덥다.

今年 夏天 要命 热

b. 菜的味道好得不得了。

요리는 너무 맛있다.

菜的味道 不得了 好

c. 今天的表演精彩得很。

오늘의 공연은 정말 멋있다.

今天的表演 很 精彩

d. 讨厌得真厉害。

미워 죽겠다.

讨厌 厉害

看例句(153a-d)，和汉语句子一样，韩语句子中也是所有“덥다(热)”，“맛있다(好)”，“멋있다(精彩)”，“밉다(讨厌)”等的形容词用作谓语。

另一类是表示人的心理和感受的动词 。例如：

(154) a. 干的事叫人恨得要死。

하는 일이 사람으로 하여금 굉장히 미움을 산다.

干的事 人 叫 要死 恨

b. 他爱我爱得厉害。

그는 나를 매우 사랑한다.

他 我 厉害 爱

c. 她生气得别过头去。

그녀는 화가 나서 머리를 돌려버렸다.

她 生气 别过头去

d. 他害怕得要死，家也不敢回。

그는 죽을만큼 두려워서 집도 못 돌아간다.

他 要死 害怕 家也 不敢回

e. 两人紧张得不敢吐气。

두 사람은 소리도 못 낼 정도로 긴장했다.

两人 不敢吐气 紧张

看例句(154a-e)，和汉语句子一样，韩语句子中也是所有“미움을 사다(恨)”，“사랑하다(爱)”，“화가나다(生气)”，“두렵다(害怕)”，“긴장하다(紧张)”等的心理动词用作谓语。

(三) 程度补语分析

第一种形式，NP+PA+得+Adv：由“很，多，慌，要死，要命，厉害，不行，不成，可以，邪乎，够呛，不得了，了不得，没治了，什么似的”等词语充当的补语。

(155) a. 天气 ‖ 冷得[很]。

날씨가 [아주] 춥다.

天气 很 冷

b. 图书馆 ‖ 安静得[很]。

도서관은 [매우] 조용하다.

图书馆 很 安静

例(155a-b)中，韩语程度状语“매우，아주”与用作程度补语的汉语副词“很”相对应。程度状语“很，非常”带有超越“一般”程度的意思。“매우，아주”同做修饰形容词，心理动词，名词，惯用词的程度状语。“很”在句中不仅用作程度状语，也用作程度补语。用作程度补语时，比用作程度状语更能起到强调其程度的作用。换句话说，表示的程度之高远远超过作状语的“很”所表示的程度。

(156) a. 今天的天气‖比昨天好得[多]。

오늘 날씨는 어제보다 [훨씬] 좋다.

今天的天气 昨天 比 多 好

b. 他的成绩‖比我高得[多]。

그의 성적은 나보다 [훨씬] 높다.

他的成绩 我 比 多 高

例(156a-b)中，韩语程度状语“훨씬”是与用作程度补语的形容词“多”相对应，这里的意思并不是原来“多”的意思，而是一般与比较句一起使用，体现这个程度非常的严重。

(157) a. 他‖想你想得[不得了]。

그는 너를 [정말] 그리워했다.

他 你 不得了 想

b. 杭州的夏天‖热得[了不得]。

항저우의 여름은 [정말] 덥다.

杭州的夏天 了不得 热

c. 我‖渴得[要命]。

나는 [몹시] 목마르다.

我 要命 渴

d. 她‖害怕得[要死]。

그녀는 [몹시] 무서웠다.

她 要死 害怕

e. 我‖饿得[要命/不得了]。

나는 [몹시] 배고프다/배고파 죽겠다.

我 要命/不得了 饿

例(157a-e)中，对应于韩语程度状语的“정말”或“몹시”的是只用于程度补语的“不得了，了不得，要命，要死”。韩语中的“몹시”或“정말”虽然用作修饰功能的程度状语，但是汉语中的“不得了，了不得，要命，要死”用作程度副词。韩语中的“정말”不仅在肯定句中会使用，在否定性的句子中有时也会一起使用。韩语中“몹시”是表现相关对象受到的坏影响程度达到了严重的阶段，是修饰否定及没有意义的词汇。汉语“要命”或“不得了”也是说明了程度的过分，修饰后面带有否定意义的词汇。上面例句所有语义指向不变，都是谓语中心词。其它“慌，邪乎，不行，可以”等程度补语的汉语对应法也大同小异。

第二种形式，NP+PA+得+C：是由“动词，偏正短语，述宾短语，连动短语，联合短语，主谓短语，四字格”等谓语性成分充当的补语，这类补语的形式上比较自由，一般都能扩展变化，数量上具有无限的特征。这类程度补语是一个开放的类，无法一一列举。含有第二形式的程度补语的述补结构往往语义上蕴含这一种因果关系，谓语表示原因，补语表示结果。比如：

(158) a. 孩子急得[哭了]。

아이는 급해서 [울었다].

孩子 (因为)着急 (所以)哭了

(原因) (结果)

b. 老师气得[脸都白了]。

선생님은 화가 나서 [얼굴이 하얗게 변했다].

老师 (因为)生气 (所以)脸白了

(原因) (结果)

例(158a-b)中, 例(158a)中 “急” 表示原因, “哭了” 表示结果。表现了孩子因为太急所以哭了的因果关系。例(158b)中, “气” 表示原因, “脸都白了” 表示结果。表现了老师因为太生气结果脸都变白了的因果关系。

图表 13. 从句法上和程度补语相对应的韩语状语

<table>
<tr><th></th><th colspan="2">汉语</th><th>韩语</th></tr>
<tr><td>主语</td><td colspan="2">NP
(名词性单词或词组)</td><td>NP
(名词性单词或词组)</td></tr>
<tr><td>谓语</td><td colspan="2">PV(心理动词), PA(形容词)</td><td>PV(心理动词), PA(形容词)</td></tr>
<tr><td rowspan="7">程度
补语</td><td rowspan="7">1) Adv</td><td>① 很</td><td>与程度副词“아주(aju), 매우(maeu)”对应</td></tr>
<tr><td rowspan="2">② 多</td><td>与副词“훨씬(hwolssin)”对应</td></tr>
<tr><td>“훨씬(hwolssin)” 是带有 “与某样东西相对比, 其程度严重或更深” 的意思。</td></tr>
<tr><td rowspan="2">③ 慌
例) 我的房间‖冷得[慌]。
못 견디게 춥다.
너무 춥다.
견딜 수 없이 춥다.</td><td>与状语“못 견디게, 견딜 수 없이(无法忍受)” 还有程度副词 “너무(neomu)”对应</td></tr>
<tr><td>“못 견디게, 견딜 수 없이(无法忍受)” 是带有 “某件事情不可能” 意思的副词, “-없이(无法)” 跟在动词 “견디다(忍受)” 后面, 用作状语。</td></tr>
<tr><td rowspan="2">④ 要死、要命</td><td>与程度副词 “몹시(mopsi)” 和辅助形容词“-죽겠다(要死)” 对应</td></tr>
<tr><td>辅助形容词 “-죽겠다(要死)” 是以形容词后面加 “-어 죽다(死)” 的结构, 表现前面意味的状态或感觉的程度非常严重。</td></tr>
</table>

		⑤ 厉害 例) 这几天热得厉害。 요 며칠 지독하게 덥다. 요 며칠 대단히 덥다. 요 며칠 심하게 덥다.	与程度副词“대단히(daedanhi)，너무(neomu)”和状语“지독하게(厉害)，심하 게 (严重)”对应
			“지독하게(厉害)”作为形容词，表现某种状态超过了一半的阶段。“심하게(严重)”作为形容词，表现程度的过分。两个单词都加上“-게(ge)”用作状语。
		⑥ 不行、不成 例) 饿得不行。 배가 고파 죽을 지경이다	与依存名词“지경이다(境地)”对应
			“지경이다(境地)”作为依存名词，表现某种情况的状态和程度。
		⑦ 可以 例) 这天冷得真够可以的。 요즘 날씨는 정말 너무 춥구나	与程度副词“너무(neomu)”对应
		⑧ 邪乎、够呛 例) 最近忙得够呛。 요즘 바빠 죽겠어.	与辅助形容词“-죽겠다(要死)”和程度副词“대단히(daedanhi)”对应
		⑨ 不得了、了不得	与程度副词“정말(jeongmal)”和副词“-짝이 없다(不得了)”对应
			以“-가 짝이 없다(不得了)”的结构，表现到了无法再对比程度的了不起或是非常严重的情况。
			与副词“빼어나게(没治了)”对应
		⑩ 没治了 例)风景好得没治了。 경치가 빼어나게 좋다.	“빼어나다(没治了)”是带有在几个中间特别突出优秀意思的形容词，后面加“-게(ge)”用作状语。
		⑪ 什么似的 例) 她高兴得什么似的。 그녀는 참으로 기뻤다.	与程度副词“참으로(chameuro)，몹시(mopsi)”对应
	2) C	① 动词	与在韩语中是出现原因的标记“-서(seo)”和状语“-정도로(jeongdoro)，-처럼(cheoreom)”还有副词型转成语尾“-듯이(deut-i)”对应
		② 偏正短语	
		③ 述宾短语	
		④ 连动短语	
		⑤ 联合短语	
		⑥ 主谓短语	
		⑦ 四字格	

5.2.2. 语义方面分析

5.2.2.1. 指向主语的程度补语

程度补语对主语位置上的名词性施事成分进行描写和说明，例如：

(159) a. 我的脑袋痛得[几乎要裂]。

나의 머리는 깨질듯이 아프다.

我的脑袋 几乎要裂 痛

b. 她们荒唐得[不知所措]。

그녀들은 어찌할 바를 모를 정도로 황당했다.

她们 不知所措 荒唐

c. 他高兴得[又唱又跳]。

그는 기뻐서 노래하고 뛰었다.

他 高兴 又唱又跳

d. 他的房间干净得[一点灰尘都没有]。

그의 방은 먼지 하나 없을 정도로 깨끗하다.

他的房间 一点灰尘都没有 干净

例(159a-d)中,汉语句子中程度补语全部指向主语。但是像“疼得程度像快要裂开来”，“荒唐的程度是不是所措”，“又唱又跳的理由是太高兴”，“干净的程度是灰尘一点都没有的程度”一样，韩语句子中程度补语全部指向谓语。

5.2.2.2. 指向谓语的程度补语

表示形容词与心理动词的程度，例如：

(160) a. 我们渴得[厉害]。

우리는 너무 목마르다

我们 厉害 渴

b. 好得[不得了]。

정말 좋다.

不得了好

c. 天空变成很黑，黑得[可怕]。

하늘이 까맣게 변했다. 끔찍하게 변했다.

天空 黑 变成 可怕 变成

d. 看她的脸，那么红，红得[像苹果一样]。

그녀의 얼굴은 빨갰는데 사과처럼 빨갛다.

她的脸 红 像苹果一样 红

例(160a-d)中，汉语句中程度补语全部指向谓语。韩语句子也是程度补语指向谓语。例(160a-b)“-죽겠다(要死)”是韩语表达中，主谓词出现的感情或状态的程度很深，到达了极端的程度，加在韩语谓语句子后面，表达感情到达极点。还有，也可以用程度副词“너무(neomu)”来解释，用表示谓语的程度深刻的“너무(neomu)”来表达。

例(160c-d) 把“天空变得黑”的程度和“脸蛋变红”的程度用感到害怕的程度和苹果颜色来表现，和汉语句子一样，韩语句子也是指向谓语。

5.2.2.3. 指向“把”字宾语的程度补语

程度补语对“把”字宾语进行描写或陈述，表示某物使得某人受到的影响达到了什么程度了，一般用“NP+把+N+PA+得+C”形式来表达。例如：

(161) a. 今天的活儿把我累得[四脖子汗流了]。

오늘의 일은 나를 온 몸이 땀이나도록 힘들게 했다.

今天的活儿 我把 四脖子汗流了 累

b. 这一场病把他瘦得[像人灯似的了]。

이 병은 그를 피골이 상접하도록 마르게 했다.

这一场病 他把 像人灯似的了 瘦

c. 爸爸的一句话把妈妈气得[说不出话来]。

아빠의 이 한 마디는 엄마를 말이 나오지 않을 정도로 화나게 했다.

爸爸的一句话 妈妈把 说不出话来 气

例(161a-c)中，汉语句子中，程度补语全部指向“把”字宾语。但是像“整个身体都流汗的程度那么累”，“瘦的程度像人灯”，“说不出话来的程度那么生气”一样，韩语句子是程度补语指向谓语。在用韩语表达时，包含被动的意义。汉语句子和韩语句子全部的“把”字宾语都是表现因为某件事形成了某种状态。

总结上面的内容就能发现，汉语程度补语指向各个主语，谓语，“把”字宾语，但是韩语中全部指向谓语。

图表 14. 程度补语语义指向主语，谓语，“把”字宾语的韩语对应形式

语义指向	汉语程度补语	韩语	备注
主语	对主语位置上的名词性施事成分进行描写和说明	用状语来表达	韩语中，全部指向谓语
谓语	表示形容词与心理动词的程度		
把字句	对“把”字宾语进行描写或陈述		

5.3. 韩语程度副词与汉语程度副词和程度补语的关系

通过下面的句子，了解韩语程度副词与汉语程度副词和程度补语关系。

(162) a. 그는 몹시 피곤했다. (他困得很)
他　很　困
b. 그는 매우 멋있다.(他非常帅)
他 非常 帅

韩语中，补语是和汉语补语没有关系的，韩语里的部分状语承担了汉语中补语的角色。韩语中，用作状语的副词，用原本带有副词自身的程度的意义和作用来表现句子。例句(162a-b)中，“몹시(很)”和“매우(非常)”的意义性质各自“否定”和“强调”不同。例句(162a)是谓语“피곤하다(困)”所带有的消极意义一起使用表达否定。例句(162b)的“매우(非常)”是起到强调谓语“멋있다(帅)”的作用。从汉语中状语或补语修饰谓语的这个面上来说，虽然相似，但是各自表达的意义不同，功能也不同，通过例子分析就可以知道。例句(162)中，例句(162a)是程度副词“很”用作程度补语，表示累的程度，语义重点在于累的程度非常严重。例句(162b)是程度副词“非常”修饰形容词“帅”，用程度状语来表现，起到突显谓语“멋있다(帅)”的程度的作用。例句(162b)中用的程度状语，属于表现某种状态的性质或动作程度的情况，修饰带有显示肯定性同等级意义性质的要素，这样的情况大致上都是无法直接修饰动作动词，主要修饰形容词或心理动词。在这样的方面，和韩语程度状语相统一，就如同在例句(162b)和5.2.1的研究结果中看到的一样，汉语程度状语和韩语程度状语大致上一一对应。

问题是韩语程度状语用汉语程度补语来表达的情况。不是所有的韩语程度状语都能用汉语程度补语来表达的。就如5.2.1中所说的，只有表达肯

定和否定意思的程度副词 “몹시(非常/极度)” 和表达强调意思的程度副词，用没有 “得” 的程度补语来表达。这之中，表达量的程度副词和表达比较的程度副词中 “더(更加)” 和 “덜(不太)” 是和情态补语相对应，但是 “더(更加)” 无法单独和补语相对应，只有和其他副词一起使用时，才能与情态补语相对应。韩国学习者在学习程度补语时感到困难的原因如下。

在汉语中, 程度补语单纯是体现那个程度有多高或有多深, 表现不出相同程度或者比较低的程度。相反，程度状语可以表现出这种差异, 语义范围比较广泛。

但是用韩语表现的时候，表现不出程度状语和程度补语的意义差异，只用 “程度状语” 来表示，所以学习者们很容易感到混乱。也就是说在学习汉语程度补语的时候，韩语中体现程度的状语是指 “很，非常” 等意义范畴，

和汉语中表现程度补语的意义范畴，要教他们这两者之间有很大的差别，还需要说明在汉语中充当补语和充当状语的程度状语。比如, 在将 “很” 翻译成韩语 “매우(很，非常)” 的韩国学生的感觉中，认为 “那个人长得非常帅”，但是在汉语中像例句(162b)，比起作为状语的作用，不具备形成形容词谓语句的添加的成分，所以学习者们会很难理解。

归纳充当汉语状语的韩语状语，研究两个语言间的意义差异和作用，还需要研究在程度补语翻译成韩语状语的时候，会有什么意思上的变化。

图表15. 韩国学习者在学习程度补语时感到困难的原因

	汉语	韩语
程度补语	只能表现程度的严重， 相同的程度或较低的 程度则无法体现	—

程度状语	相同的程度或较低的 差异也能体现出来，语义范围广	韩语程度状语和汉语程度状语 虽然大致上一一对应，但是因为韩语中没有 程度补语，所以只能用韩语程度状语来表现汉语 程度补语和程度状语这两点。 学习者要理解汉语程度状语和程度补语的意义 差异，进而适当准确运用并不简单。

5.4. 本章小结

本章对韩语状语中的哪些状语与汉语“得”字程度补语相对应，以及反过来汉语“得”字程度补语又与哪些韩语状语相对应进行了观察。分析结果可以得到如下事实。以下韩语状语的“副词充当状语”的情况与汉语“得”字程度补语相对应。

前面了解了各种副词中和汉语程度补语相关联的程度副词充当程度状语的情况，查看程度副词所带有的五点意义性质就能发现：

表现“比较”的程度副词“가장(最)，더(更(加))，덜(不太)”之中，“더(更加)”和“덜(不太)”是和情态补语相对应， 但值得注意的是“더(更(加))”在和其他副词一起使用，用作状语的情况下，可以发现其与情态补语相对应。

表现“肯定”和“否定”意思的程度副词“한결(更加)，훨씬(大大的)，퍽(相当)，몹시(非常/极度)，너무(过于)”则与补语不相对应。可以发现这之中，只有带有肯定和否定意义的“몹시(非常/极度)”和不带有“得”的程度补语相对应。

表现“量”的程度副词“조금(一点)”和情态补语相对应。

表现“强调”的程度副词“아주(很)，매우(十分)，참(真的)，무척(极为)”与不带有“得”的程度补语相对应。

接下来，将会对汉语“得”字程度补语在韩语中与哪个成分相对应进行具体研究。

如下，程度补语，汉语程度补语的表现方式有:

① PA+得+Adv(程度副词: 很，多，慌，要命，不得了等)

② PA+程度副词(极，多，透，远，坏等)+ 了

③ PA+程度副词(非常，过分，无比，万分等)

这之中，本论文所讨论的是第一种“PA+得+Adv”形式，汉语和韩语的程度补语的主语都是由名词性单词或词组组成，谓语和汉语一样都用心理动词和形容词来表现。汉语的程度补语在韩语中用副词或状语来表现，就算不是状语，出现表达状态或感觉程度的话语，都与程度补语相对应。

6. 结论

6.1. 主要结论

本论文为了探究韩国学习者在学习情态补语和程度补语“得”字时所犯错误的原因，归纳出和汉语“得”字补语相对应的韩语成分，消除学习“得”字补语时犯错误的原因，让学习者能轻松习得是本文的目的。首先通过对“得”字补语的句法，语义，语用分析，找出情态补语和程度补语的特征，接下来分析韩语和汉语补语的共同点和差异点，韩语状语和汉语补语的关系，对“得”字情态补语和程度补语在韩语中所对应的部分进行了分析。

通过以上分析，本文得出了以下几个方面结论：

情态补语出现在动作发生或状态变化后，表示其结果状态，从句法观点上看，将动作动词作为中心词使用补语时，出现“动作的结果，评价，判断”的意义。形式上分带“得”字的和带“个”字的。在语义上分析了情态补语表示动作呈现出的语义结构关系。情态补语是句子的信息焦点，所以要对动作进行描写，评判时一般用情态补语。有情态补语的句子，全句的重心在补语部分，谓语动词前一般不再出现描写性状语和程度副词。

程度补语是指状况或者动作到达的程度非常严重时所出现的词。从句法观点上看，形容词，心理动词或感觉动词用作中心词使用补语时，出现的意义主要表“程度”。形式上分带“得”字的和不带“得”字的。B类程度补语大多数有其基本意义和距离，所有的程度都表现出高度。程度补语是句子的重点，程度补语与谓语之间隐含着一种因果关系。在C类程度补语结构中，大部分形容词或心理动词谓语往往表示原因，“得”字后的补语表示结果。这些句子都可以去掉“得”字后转换为“因为…，所以…”连接的复句。

韩语补语和汉语补语仅仅名称相同，韩语补语是对“主语”的补充说明，汉语补语是对“谓语”的补充说明，这样对比来看，二者功能完全不同。韩语补语在句子中是不可缺少的句子成分，相当于汉语里的宾语。汉语补语这种成分所在的句子，就算没有补语也会成立。但是汉语补语有明确和丰富句子意义的作用，并不是单纯的补充成分，是必需要存在的成分。

韩语状语一般情况下，是副词就用作状语，位于谓词前面。起到修饰谓语的作用。韩语状语有对动词的过程进行描写和对动词的结果进行描写这两种情况。因此，韩语状语在用汉语来表现时，出现汉语状语和补语。还有，韩语状语只位于谓语前面，但是韩语状语在用汉语表现时，可以像状语一样位于前面，也可以像补语一样跟在谓语后面。

通过对与汉语“得”字情态补语和程度补语相关联的状语进行研究，得出了如下结论。

第一，副词充当状语。先来看一下各种副词中，和汉语程度补语有关联性的程度补语充当状语的情况。

查看程度副词所带有的五点意义性质就能发现，在表现“比较”的程度副词“가장(最)，더(更(加))，덜(不太)”中，“더(更加)”和“덜(不太)”是和情态补语相对应。“더(更(加))”在和其他副词一起使用，用作状语的情况下，可以发现其与情态补语相对应。表现“肯定”和“否定”意思的程度副词“한결(更加)，훨씬(大大的)，퍽(相当)，몹시(非常/极度)，너무(过于)”则与补语不相对应。可以发现这之中，只有带有肯定和否定意义的“몹시(非常/极度)”和不带有“得”的程度补语相对应。表现“量”的程度副词“조금(一点)”和情态补语相对应, 表现“强调”的程度副词“아주(很)，매우(十分)，참(真的)，무척(极为)”与不带有“得”的程度补语相对应。

第二，依存词尾“-게(ge)，-도록(do-rok)，-듯이(deut-i)”的谓词的活用型充当状语。虽然带有各种各样的意义，但是带有关于“程度”或“结果”意义

的情况，可以看出和情态补语具有关联性。另外，谓词中派生出了的副词“-이/히(i/hi)”，伴随主语，宾语等，起谓语的作用，充当状语。带有“状态”意义的情况，可以看出和情态补语具有关联性。

汉语中，情态补语的主语可以分成有主语和无主语两种，有主语的在韩语中也是以名词性单词或词组组成，无主语的与在韩语中出现原因的标记“-서(seo)”对应。谓语是和韩语一样都用动词来表达。汉语的情态补语在韩语中全部用状语来表达。

情态补语语义指向主语时，对主语位置上的名词成分进行判断或描写。可分为两类：一类指向施事主语，由形容词性短语，动词性短语充任；另一类是指向受事主语，由谓语性短语充任，常出现在被字句和无标志被动句中。这两类情态补语有时候对应于韩语的状语。此时韩语句中的状语语义指向不变。情态补语语义指向‘把’字宾语进行描写或陈述，由形容词性词语或动词性词语充当。

情态补语语义指向谓语动词时，其作用有两个：一是对动词所表示的动作，行为进行评价或判断。二是对动词呈现的状态进行描写。两个都一般用韩语状语来表达。此时韩语句中的状语语义指向不变。情态补语语义指向谓语动词时，有时候也可对应于韩语中的谓语，但汉语的状语一般只能对应于韩语的状语，而不能对应于韩语的谓语。

“把”字宾语指向有四类：一是对应于韩语的“-게(ge)”式。二是对应于韩语的副词性状语，此时韩语句子中必须有受事宾语，三是对应于韩语的形容词状语，四是对应于韩语因果复句。

本论文的研究对象汉语的程度补语有两种：

首先“PA+得+Adv”形式的情况，程度补语的主语不管是汉语和韩语，都是由名词性单词或词组组成，谓语和汉语一样，都用心理动词和形容词来表达。汉语的程度补语在韩语中用副词或状语来表达，就算不是状语，体现状态或感觉的程度的单词，也与程度补语相对应。

还有另一种“PA+得+C”形式的情况，主语和谓语与上面的形式相同，只看补语部分的话，与在韩语中出现原因的标记“-서(seo)”和状语“-정도로(jeongdoro)，처럼(cheoreom)”还有副词型语尾“-듯이(deusi)”对应。汉语程度补语指向各个主语，谓语，“把”字宾语，但是韩语中全部指向谓语。即，语义指向不变, 都是谓语中心词。

查找与汉语“得”字情态补语和程度补语有关联的韩语状语，并研究汉语“得”字情态补语和程度补语对应的韩语状语，得出了一个结果就是，汉语“得”字情态补语和程度补语与韩语程度副词或表达程度或状态描写的韩语状语有着很大的关系。笔者通过研究知道，因为与汉语“得”字情态补语和程度补语对应的韩语状语都包含着程度语义，所以韩国汉语语法界把情态补语和程度补语统称“程度补语”。韩语状语和汉语补语对比，有必要进行更深入的研究。

汉语程度状语可以体现相同程度或较低程度的差异，语义范围很广，反之，程度补语只能体现严重，而不能体现程度的相同或低下。所以学习者们理解程度状语和程度补语的意义差异后，在恰当的场所语境下活用还是相对困难。所以有必要教给学习者们如下两点。

第一，程度状语和程度补语的用法和语义差异

第二，韩语状语中哪些状语们可以用作程度补语

汉语的情态补语的重点放在对动作状态的评价或者动作进行后结果的描写上。与此不同，状语的重点在于动作所进行的状态或描写动作的方式。不管其差异有多明显，汉语的状态状语和情态补语在韩语中，都用体现状态的状语来表示，所以学习者们很容易感到困难。有必要给学习者教授以下两点。

第一，情态补语和状语的用法和语义差异

第二，韩语状语因为可以描写动作的过程和结果，所以在用汉语来表现时，用表示过程的状语和表示结果的补语来表达。

6.2. 针对“得”字情态补语及程度补语教学的建议

相对于传统语言教学，近些年来，思想沟通功能的教育越来越受到教育者的重视。思想沟通能力的培养越来越受到重视，这也是语言教学的最终目的。不过，这一目的的实现基础仍然是语言成分与语言手段的掌握，也就是各种语言单位以及语法规则系统的掌握等。在这样的情况下，没有语法知识的帮助，学习是没有效率的。这是因为成人学习第二语言和儿童学习母语的机制是不同的。而且语法的教学学习中，通过韩语和汉语对照来比较，以背诵为主的语法知识教学方法应该扬弃，应该以培养能够顺利沟通思想的能力为目标来活用语法。但是在学习第二语言的语法中，仍然需要反复的学习和训练。“得”字情态补语和程度补语形式性的一面通过如此反复的学习和训练，能够相对容易的理解。

但是最重要的还是应该理解并且熟记应该适用于哪一个课题环境中。在首次学习补语句子结构时，因为要说明并理解作为状语和作为补语来表达时的差异相对来说较难，所以为了提高沟通能力应该在日常生活中经常以写作为主来表达。在什么情况应该使用“得”字情态补语和程度补语要反复训练和学习。

6.2.1. 研究方面

就普遍情况来看，学生感觉到困难的部分正是教学中一般认为重要的部分。但是两个不是完全一致的。学生认为难的部分不一定重要，学生认为简单的部分可能很重要的。考虑到这点，通过对汉语和韩语来比较研究，就能显示出学习者错误的原因，把这两者区分开来是很有用的事情。

对比分析能够通过母语和目标语言的对比，分析共同点和差异点。可以发现实际交际中，韩国人因为母语的转移或干涉而经常触犯的错误的原因，是能够预测学习难易度，能够确定教学顺序的研究方法。学习者的母语和目标语言之间类似性越多，学习越容易，差异越大，学习越困难，对于对比语言学习者的研究，批判性的观点也很多，但是在语言学研究中是必要的，这点毋庸置疑。本论文也就是通过比较研究，发现韩语补语和汉语补语仅仅用语相同，但功能不相同，也发现了韩语程度状语对应情态补语和程度补语这一点。为了能够顺利地熟知目标语的规则，学生们在学习时要预测困难的部分和经常触犯的错误，为了在学习中能够活用，汉语和韩语的多方面比较研究需要更多学者的努力。

6.2.2. 教材方面

吕文华(1987)指出汉语教材中语法项目的选择，编排是否合理是教材是否具有科学性的一个主要标志，而语法项目选择和编排的一个主要依据就是是否反映了汉语语法的特点和是否针对外国人学习汉语的难点[67]。这句话暗含着两种意思:

67 吕文华(1987) <汉语教材中语法项目的选择和编排>，语言教学与研究, 1987年第3期

第一，在编写教材的过程中，如何针对不同的教学阶段组织设计相应的语法点是最重要，最受关注的问题。从简单往复杂，从浅显往深处，从容易往困难，为了阶段性地渐渐拓宽关于补语的知识，要做出对补语有充分说明的教材，并确保韩语学习者能够适用，都是极其重要并亟待实行的。杨寄洲主编的《汉语教程》，不仅在中国，在韩国也当做课程教材使用。笔者对本书中如何对情态补语和程度补语分阶段教学，进行那种语法分析，以及重点放在哪个语法点上等问题进行考察，并对此提出笔者的意见。

图表16.《汉语教程》里的情态补语和程度补语语法点

进度	语法点
第一册 (下) 第29课	■ 状态补语1：状态补语是指动词或形容词后边用“得”连接的补语。状态补语的主要功能是对结果，程度，状态等进行描述，判断或评价。状态补语所描述和评价的动作行为或状态是经常性的，已经发生的或正在进行的。 肯定式：动词+得+形容词 否定式：动词+得+不+形容词 正反疑问式：动词+得+形容词+不+形容词 注意：动词有宾语时，带状态补语句子的结构形式是动词+宾语+得+形容词 例如：① 他打太极拳打得很好。② 她说汉语说得很好。在实际交际中，句中第一个动词常常不说，变成诸位谓语句。例如：① 他太极拳达得很好。② 她汉语说得很流利。
第二册 (上) 第37课	■ 比字句 (1) 如果动词带状态补语，“比”可以放在动词前，也可以放在补语前。 例如：① 他比我考得好 / 他考得比我好。② 我今天比你来得早 / 我今天来得比你早。 (2) 如果要表达事物间大概的差别时，常常用“一点儿”，“一些”表达差别不 大：用“多”，“得多”等表达差别大。 例如：① 这件比那件贵多了。② 她跑得比我快得多。
第二册 (上) 第41课	■ “…极了”：放在形容词和一些动词后边，表示最高的程度。例如：好极了，大级了，冷极了，美极了，高极了，关心极了，喜欢极了
第二册 (上) 第45课	■ 副词“很”作补语表示程度高。例如：① 今天倒霉得很，路上遇到了交通事故。② 听说北京的冬天冷得很。③ 昨天的晚会开得好得很。

第二册 (下) 第53课	■ 状态补语2：汉语的动词词组也可用"得"连接作动词的状态补语，描写动作者(或受动者)的状态。 例如：① 他感动得不知道说什么好。② 她们高兴得跳啊，唱啊。③ 他看球赛看得忘了吃饭。④ 他气得大叫起来。
第二册 (下) 第56课	■ 可能补语与状态补语 (1) 可能补语表示可能实现的结果，而状态补语表示已实现的结果。前者的句重音在动词上，而后者的句重音在状态补语上。 (2) 否定形式不同。 (3) 正反疑问句的形式不同 (4) 可能补语能带宾语，状态补语不能带宾语。

首先，用语言表现某种概念，就是用语，为了准确传达这个概念的意义，用语的确立非常有必要。但是在这个教材中，情态补语和程度补语并不分开，而是笼称为"程度补语"，学习者在理解这个概念时，肯定多少会感受到困难，所以对该使用状态补语，还是该使用情态补语的研究还需跟深一步。

其次，看第二册(上)第41课就能发现，没有关于程度补语的解释说明，只是单纯地向惯用语一样去介绍，在和它相同的初级水平的教材中，也存在语法说明和例句不够详细和丰富的弱点。

第二，教学大纲和教材的语言点安排或者语法项目的排序应该尽可能和学习者的习得顺序一致。当教师的教学安排与学生习得的规律不一致时，教学效果就会受到影响。在教外国人时，作为标准的代表性三个对外汉语教学大纲(杨寄洲主编的《对外汉语教学初级阶段教学大纲》，孙瑞珍主编的《中高级对外汉语教学等级大纲》和国家对外汉语教学领导小组办公室编的《高等学校外国留学生汉语言专业教学大纲》)中

笔者将对本书中如何对情态补语和程度补语分阶段教学，进行那种语法分析，以及重点放在哪个语法点上等问题进行考察，并对此提出笔者的意见。

图表17.《大纲》里的情态补语和程度补语语法点

《对外汉语教学初级阶段教学大纲》和《中高级对外汉语教学等级大纲》	
等级	**语法点**
初级 阶段	70. 比较(5) 比字句: A+比B+动词+得多 72. 数量，程度等差别：A+比B+形容词+得多 84. 评论或说明：程度补语 (1) 基本句式 a. 主语+(宾语)+动词+得+形容词； b. 主语+形容词+得+不得了/得很； c. 主语+形容词+极了 (2) 基本语义 a.“动词”为已然的动作，“宾语”是“动词”的受事宾语 “得+形容词”表示对“动词”所表示的动作行为的评价或说明。 b.“得+不得了/得很”说明一种状态或已然动作的程度 (3) 用法说明：程度补语用来评价，判断和讲述的是已经发生或正在发生的动作或事件。有时还涉及与此有关的施事者或受事者，例如： a. 评价的表达：她说汉语说得不错。(已经听了她说的汉语。) b. 描述动作的程度：…得很/…得动词词组
中级 阶段	程度补语 (1) 不用“得”连接的表示程度的补语： 形/动+死/透/坏/极/多(句末一定有语气词“了”) (2) 用“得”连接的表示程度的补语： 形/动+得+慌/很/要命/要死/不行/不得了/了不得 (3) 叙述或说明某一情态或结果的程度补语。例：他高兴得一个劲儿地哭。 经理批评得他低下了头。 [把字句] 哥哥把嫂子气得一个劲儿地哭。(情态补语) [被字句] 战争年代，那个城市被破坏得很严重。(程度补语) 那个售货员被他问得瞪着一对大眼睛，一句话也说不出来。 (情态补语)
高级 阶段	状态补语 (1) 用“得”联系的复句形式的情态补语。例：钱太太已经哭得没有了声音，没有了泪，也差不多没有了气。 (2) 用“得”联系的动词带宾语的情态补语。例：他们挖草药挖得草场上出现了一个有一个的坑洞。 (3) 用“得”联系的情态补语的省略形式，多用于口语。例：看他累得。 (4) 用“个”联系的情态补语。例：今天我在游泳池玩个痛快。 (5) [把字句]句中动词带程度补语。例：儿子的态度把爸爸气得连话都说不出来了。 (6) [被字句]动词带情态补语。例：我被他的话感动得流下了热泪。

<table>
<tr><th colspan="2">《高等学校外国留学生汉语言专业教学大纲》</th></tr>
<tr><th>等级</th><th>语法点</th></tr>
<tr><td>一年级
(初级)</td><td>■ 情态补语: 动词+得+形容词/形容词性词语
(1) 动词带情态补语：补语一般由形容词或形容词性短语充当。
肯定式：念得很流利
否定式：念得不流利
正反疑问式：念得流利不流利
(2) 宾语位置：她念课文念得很流利。(注：这种句式可变为："她课文念得很流利。"或"课文她念得很流利。"教学中可根据具体情况决定侧重那种句式的教学。)
(3) 情态补语和可能补语的比较
肯定式：学得(很)好；学得好
否定式：学得不好；学不好
正反疑问式：学得好不好？；学得好学不好？
■ 程度补语：形容词/能受程度副词修饰的动词+极了/死了等 (注：一年级可在生词表介绍"极了"，其他在二年级语法项目中介绍。) 例：好极了
■ "比"字句：A+比B+形容词+数量补语，例：① 这件衣服比那件(衣服)长得多。② 上次考试比这次(考试)容易多了。</td></tr>
<tr><td>二年级
(中级)</td><td>■ 情态补语
(1) 形容词/心里活动动词+得+动词性短语，例：① 大家高兴得又跳又唱。② 湖水清得像一面镜子。③ 他感动得不知道说什么才好。
(2) 形容词/心理活动动词+得+很/慌，例：① 他喜欢小孙子吗？——喜欢得很。② 现在这种计算机便宜得很。③ 今天走的路太多了，真累的慌。④ 我一个人在家闷得慌。
"…得慌"用来说明某些不愉快，不舒服等感觉的程度，不能说"高兴得慌"或"那个房间小得慌"。
"…得很"不受此限。
■ 程度补语：忙极了，容易极了，美极了，难吃极了，忙死了，坏死了，累坏了，乐坏了，糟透了，讨厌透了
"死了"，"坏了"之后还可以有宾语，也可用于"把字句"，含有致使义。(见《三，四年级语法项目表》) 例：① 累死我了！② 他恨透了小偷了。③ 乐坏了他了。④ 这次出差，真把我累坏了。⑤ 孩子得了冠军，把父母给乐坏了。</td></tr>
<tr><td>三，四
年级
(高级)</td><td>■ 情态补语的语义指向
(1) 说明施事(主语)：我累得都直不起来了。
(2) 说明受事(宾语)：他写字写得非常整齐。
(3) 说明动词：他写字写得非常快。
■ 表示致使义的"把"字句：她的话把我高兴得不知怎么好。(使我高兴得不知怎么好。)</td></tr>
</table>

首先，第二章已经指出，韩国使用的大部分汉语教材中情态补语和程度补语的用语不一致。连在对外汉语教学中使用的教学大纲里，在学习的初级阶段中也没有对情态补语和程度补语进行分类，而是笼称为程度补语，中高级阶段中，对“情态补语”和“状态补语”的用语也不统一， 会使学生感到混乱。

其次，根据本论文的研究结果，二年级学到的“情态补语”这些概念应该包含到“程度补语”中，三，四年级学到的情态补语语义指向也没用明确区分情态补语和程度补语，把程度补语包含在情态补语语义指向中进行说明，这样会引起教师和学习者的混乱。

除了这个以外，在韩国发行的大部分的教材是初级水平，关于补语的说明不是很充分，所以接触到多种多样的问题，更想象不到。

6.2.3. 教学方面

第一，确定教学内容及安排顺序

“得”字情态补语和程度补语的形式是复杂多样的。试图在上课时间内把所有的内容全部学会会很让人发晕。还有理论上来说，复杂多样的句型和过多的分类只会导致混淆，所以应该根据需要和常用程度来选择要学的内容并决定课业。在基本句型的基础上，详记模型，如果在明确了学习目标的情况下，就应该合理地按照主次，难易，繁简来决定教学顺序。

比如，在教情态补语的时候，以在状态补语中必须要知道的基本形式“S(主语)+ V(谓语)+得+SC(情态补语)”为基础，分成评价动作或行为和描写动作两种，比起一般生活中不太会用到的比较难的例句，选择经常会接触到例句，为了能够进行系统的学习，分成在初级阶段应该要知道的语法知识

(情态补语的语法规则)和在高级阶段应该要知道的语法知识(状语和补语的差异/和韩语状语的连接性)。

第二，分散难点

教学要循序渐进，语法教学更是如此。每当学生们首次接触并学习一种新的语法项目时就会感到生疏。要掌握并应用新的语法项目，也总有一定的难度。如果是在母语中所使用的语法项目不成问题，但是遇到和母语完全不同的语法项目时就会感到很惊慌。因此，分散难点应该是语法教学的一个原则。

举个例子，在韩语中，把“得”字或“很”字遗漏这种错误是因为没有使用的目标语的规则。因为在韩语中使用形容词的时候也可以不用“很”字。在汉语中“很”字当做状语用的时候意义就减弱了，但是仍有修饰形容词的作用。在韩语中没有与“得”字相对应的结构助词，为了使用这个单词需要有意识地思考的课业，所以在教授母语中没有的规则时为了使学生们没有负担应该分散难点。

第三，语境教学

情态补语和程度补语在话语中并不是孤立存在的，都有一定的语境背景。语境教学不仅能帮助学生理解该语法点，而且能够帮助学生牢固掌握并运用到实际生活中。情态补语所要评价，判断，描述的往往是已经发生或正在发生的动作或事件，以及与此动作有关的施事或受事者[68]，而程度补语多带有夸张的意味。因此在相应的语境中进行情态补语和程度补语的教学，往往会加强学生对规则的理解和掌握，达到事半功倍的效果。

比如，将要用到情态补语和程度补语的情况，活用电视剧或漫画等展现给学习者的话，可以引起兴趣的同时，又可以达到明确告诉学习者们应该

---

68 鲁健骥(1992) <状态补语的语境背景及其他>，语言教学与研究，1992年第1期

在哪种情况下使用的效果。

第四，对比性教学

对比性教学就是教学中常讲的“比较法”，即通过对比来确定事物间异同的一种方法。韩国学生在学习汉语“得”字补语的过程中，由于受到母语的影响，往往出现语句错误。如果教师能够给予足够的重视，找出常犯错误的根源，并引导学生有效地避免母语干扰造成的句法错误，便可促进学生汉语语感的形成而加快汉语学习的进程。

比如，“나는 매우 기쁘다.”(我非常高兴) 这样一个句子，让韩国学习者把这个句子翻译成汉语的话，答案将会出现以下两种，“我很高兴”和“我高兴得不得了”。回答第一个答案的概率相对更高，因为学习者看到“매우(很，非常)”这个韩语程度副词，脑中会自然而然浮现出汉语程度副词“很”这个字。所以，在教这个句子时，如果教给学生韩语程度副词和汉语程度副词的共同点和差异点，并说明在汉语中，用程度副词来表达的句子和用程度补语来表达的句子有何不同的话，学习者会更加容易理解。

除了上面的四个方法之外，教师至少应该事先熟知学习者经常容易犯的语法错误，课间也应诱导学生积极地对错误进行思考。特别是课堂上，应时时注意学习者的反应，提供适合的回馈。

通过语法研究，学习者能够正确理解，能够传达意思并能够尽可能最大限度的减少口语和书面语表达的语法错误，从这个意义上讲，语法教学非常的重要。但是对于学习者来说，语法既可以看成是基本要求项目，也可以看出水准较高的要求项目。如果学习者无法清楚明白的理解语法规则，不能活用到实际生活中的话，教学就会变得毫无意义。从这个意义上看，应该为了让学习者轻松熟悉语法规则，将所学的语法正确使用到实际生活中而提出有效的教学方法，为了达到这个目标，需要无止境的研究和努力。还有，以学习者为对象的偏误分析研究，如果可以从质或量方面得到更多的案例就好了。

希望本文的研究成果能在一定程度上为对外汉语教学实践提供有益的参考，以促进教学的进一步改善，并为今后相关课题的研究奠定理论和实践的基础。同时也期待大家今后更关注对“得”字情态补语和程度补语形式等教学方面的研究并对此进行更深入更充分的探讨。

6.3. 不足点及创新点

限于时间及笔者水平的不足，在研究中难免有不周，遗憾之处：

第一，没有使用丰富多样的例句，这点感到很遗憾。

第二，没有做到以此研究为基础，让学习者实际运用理论，利用偏误分析来验证本论文的确切性这点感到很遗憾。

第三，关于韩语状语的研究一直在进行。其中，对限定状语范围的问题，意见纷纷，所以，有必要进行与本论文角度不同的研究。

但, 还是得到了以下几个成果和意义。

第一，比起已有的研究，努力比较系统地去阐明汉语补语和韩语补语之间的共同点和差异点，汉语补语和韩语状语间的关联性。

第二，在韩国，汉语语法研究是句法分析占据大部分，语义或语用方面的比较稀少。还有，大部分都偏重于汉语研究，汉语和韩语之间的比较研究非常稀少。本论文还有很多不尽如人意的地方，但是对汉语“得”字情态补语和程度补语从多方面多角度进行了分析，并努力地去寻找了汉语和韩语之间的对应规则。

第三，对于韩国汉语学习者在学习汉语“得”字情态补语和程度补语时所感受到困难的原因和解决方法方面，多少会起到一点帮助。

虽然多少还有些不足，但是希望研究者和学习者可以从本论文“得”字情态补语和程度补语研究中得到一点帮助。

7. 新成果

经过近几年学习，我深入了解到论文的重点，一些找到不足，同时生成新的思考，增补第5章的内容。

周小兵，朱其智，邓小宁(2010) 等人以在中国留学的日本留学生为对象做了研究，结果显示 '得'字句(情态)对于汉语学习者来说是非常难的语法项目。他们对汉语学习者的长达70小时以上的对话录音资料做研究，调查对象有学了一个学期左右的汉语初级学习者，也有学习了3年以上的高级学习者，结果显示很多时候人们要么是在必须使用 '得'字的句子里漏掉了 '得'字，要么是即使使用了 '得'字，也是用错了。他们在对约20万字的作文内容进行分析后，结果也显示错误率达到了47.7%。为了找出出错的原因，他们对在中国使用很广泛的5本初级教材«实用汉语课本»，«汉语教程»，«初级汉语课本»，«现代汉语教程»，«速成汉语初级教程»进行了分析，结果显示 '得'字句的名称不统一，有程度补语，情态补语，状态补语等多个名称。

事实上，在韩国的汉语语法教育学界和作为第二外语的汉语教学课程中，因为 '得'字句补语的用语没有被确立，所以在使用时还是被统称为"程度补语"。这种混乱自然会对汉语的教-学环境和学习效果造成影响。

为了帮助汉语学习者轻松掌握 '得'字句，笔者以韩语中的状语和汉语中的程度补语为研究对象，通过对比分析(contrastive analysis)进行研究。我不以韩语中的补语，而以韩语中的状语为对象进行研究，是因为在汉语中，补语指的是补充谓语的不完整叙述的句子成分，请观察下面这个包含程度补语的汉语句子：

(1) 好玩儿极了!

谓语是形容词‘好玩儿’，加上一个程度补语‘极了’，起强调作用，让句子变得更丰富。不过即使不使用程度补语，也不会变成语法错误或表达不出意思的句子，接着请观察下面这个包含补语的韩语句子：

(2) 그는Geuneun 교사가gyosaga 아니다anida. (他不是教师)

虽然韩国的国语学界仍在对补语争论不休，但如果根据学校语法来分析的话，就只有位于‘되다dwaeda(当), 아니다anida(不是)’之前的采用了格助词‘이i/가ga’的语节被看作补语，所以在例句(2)中，只有‘교사가gyosaga’是补语。在该句中，补语是不可或缺的必要的句子成分，如果省略了，句子就不成立了。

如例句 (1) 和例句 (2) 中所示，汉语中的补语和韩语中的补语只是名称相同而已，它们是功能不同的句子成分，如果说汉语中的补语的功能是对谓语的补充，那么汉语中补语的功能就像是韩语中状语的功能。

笔者会在本文中从句法的角度出发，研究韩语中的状语和汉语中的‘得’字程度补语句之间有哪些相同点和不同点，韩语中的状语有哪些是起到程度补语作用的，程度补语和韩语中的状语有哪些关联。

7.1. 韩语中的状语和汉语中的程度补语的特征

7.1.1. 韩语中的状语的概念和句法特征

根据南基心，高永根(1993) 的理论，状语和定语一样是句子中修饰成分的一种，它们加在谓语前面，限定谓语的意思。副词是词类中的一种，主要语法功能是修饰和限定描述动作或状态的谓语。副词本身就可以作状语，是状语最基本的形态。

徐正洙(2005) 说过，一般来说，状语放在被修饰语的前面是最自然的，状语的形态不单单只有单个的副词，还有和副词有着相同修饰功能的各种形态。他还提到了副词和状语之间的关系，说从范畴上来讲状语是副词的上级。

(3) 그녀는Geunyeoneun 굉장히goengjanghi 아름답다areumdaptta.

(她非常美丽)

(4) 아버지는Abeojineun 무척mucheok 나를nareul 사랑하였다saranghayeo

(父亲很爱我)

观察例句(3)可知，在一个韩语句子中，即使没有状语，不能细致地表达出话者的表达意图，但还是一个完整的句子。并且，观察例句(4)可知，虽然定义说状语是放在谓语前面修饰谓语的句子成分，但状语不是只能放在谓语前面，定义中那样说是因为状语放在谓语前面的频率是最高的，是最有代表性的。

综上所述，韩语中的状语指的是，作为修饰成分放在被修饰语前面用于修饰表示动作或状态的谓语的句子成分，其在句子结构中的位置如下：

S(主语) + Adv(状语) + V/A(谓语)

根据孙楠益(1995)，金京勋(1997)，林有宗(1998)的研究，可以以句法为基准或以语义为基准给状语分类。如以句法为基准分类，则可分为修饰单词或短语的成分状语和修饰句子的句子状语。如以位置是否受限制为基准分类，则可分为受限状语和自由状语。

成分状语指的是修饰特定成分的状语，句子状语指的是修饰整个句子的状语。可以做成分状语的有性状副词，指示副词以及否定副词等。性状副词的修饰是实质性的修饰，根据其修饰的内容可以分为时间副词，处所副词，状态副词以及程度副词，拟声副词和拟态副词之类的象征副词也属于性状副词。

句子状语大致可分为三种，第一种是‘과연gwayeon-구나guna(果然…啊)，설마seolma(难道)，모름지기moreumjigi-어야eoya 한다handa(应当)，확실히hawksilhi-이었어i'eosseo(确实)，만일manil-다면da'myeon(如果…的话)，설령seolryeong(即使)，제발jebal(千万)，부디budi(务必)’等表现话者心理态度的状态副词；第二种是‘-게ge(地)，-도록dorok(表程度)(副词型转成语尾)’等谓词的副词型；第三种是连接句子或连接单词的连接副词。

如以语义为基准分类，则可分为时间状语，空间状语，状态状语以及程度状语等。一般来说，时间状语和空间状语属于自由状语，而状态状语和程度状语则属于受限状语。

学者们对于韩语中状语形态的见解仍然是意见纷纷，不过综合多位学者们的见解之后，状语的形态大致可分为五类。

第一类，副词单独做状语。

(5) a. 그녀는Geunyeoneun 매우mae'u 아름답다areumdaptta. (她非常美丽)

b. 내Nae 친구는chinguneun 일을ireul 빨리ppalri 결정한다gyeoljeonghanda. (我的朋友迅速作出决定)

在例句(5)(a-b)中，副词‘매우mae'u(非常)’和‘빨리ppalri(迅速)’作为状语修饰作为谓语的形容词‘아름답다areumdaptta(美丽)’和动词‘결정하다gyeoljeonghada(决定)’。

第二类，由体词加上各种副词格助词‘-에(서)eseo(在)’，‘-에게ege/-한테hante(给)’，‘-로(서)roseo(作为)’，‘-와wa/-과gwa/-하고hago/-랑rang(和)’，‘-처럼cheoreom(向)’，‘-보다boda(比)’构成的表示时间，处所，出处，工具，方向以

及比较等的状语。

(6) a. 이I 물건은mulgeoneun 시장|에서sijang'eseo 사sa 왔다watta.

(这个东西是从市场买来的)

b. 우리는Urineun 저녁|에jeonyeoge 만나기로managiro 했다haetta.

(我们决定在晚上见面)

在例句(6)(a-b)中，体词 '市场'和 '晚上'后面加上副词格助词 '-에서eseo(从)'和 '-에e(在)'就构成了用于修饰谓语 '사다sada(买)'和 '만나다manada(见面)'的状语。

第三类，谓词的副词型做状语。这类状语有在形容词后面加上副词型转成语尾 '-게ge(地)'构成的状语，以及在动词或形容词后面加上 '-도록dorok(表程度)'构成的状语。

(7) a. 말을Mareul 이상하|게isanghage 한다handa. (怪里怪气|地说话)

b. 철수는Cheolsuneun 눈만nunman 뜨면tteumyeon 신이sini 다da 닳|도록daltotok 돌아다녀요doradanyeoyo. (哲秀一睁开眼就撒了欢|地跑来跑去)

在例句(7)(a)中，在形容词 '이상하다isanghada(奇怪)'后面加上副词型转成语尾 '-게ge(地)'构成修饰谓语 '하다hada(说)'的状语。在例句(7)(b)中，在动词 '닳다dalta(破)'后面加上 '-도록dorok(表程度)'构成修饰谓语 '돌아다니다doradanida(跑来跑去)'的状语。

第四类, 副词性依存名词[69]与其携带的定语一起构成状语。

69 学界对于副词型转成语尾的划分仍众说纷纭，在<对外韩国语学概论>一书中提到有 '-듯이deusi', '-도록dorok', -게ge'等，在<标准国语语法论>中提到有 '-게ge', 在<对外韩国语语法>中提到有 '-게ge', '-도록dorok'。

包含在研究范畴里的有这些书中都提到的 '-게ge', 以及在很多论文和书中被认为应包含在副词型转成语尾范畴内的 '-도록dorok'。

(8) a. 먹을Meogeul 만큼mankeum 먹었다meogeotta. (吃得很饱，到极限了)

b. 하고Hago 싶은sipeun 대로daero 하여라hayeora. (按照自己的想法去做吧)

在例句(8)(a)中，依存名词 ‘만큼mankuem(表程度)’和定语成分一起使用构成修饰谓语 ‘먹다meoktta(吃)’的状语。在例句(8)(b)中，依存名词 ‘대로daero(按照)’和定语成分构成修饰谓语 ‘하다hada(做)’的状语。

第五类, 由谓词派生出来的副词伴随着主语，宾语等成分做带有谓语功能的状语。

(9) a. 나를Nareul 따뜻이ttatteusi 반겼다bangyeotta. (温暖地欢迎我)

b. 하늘Haneul 높이nopi 날았다naratta. (高高地翱翔于天际)

在形容词词干后面加上词缀 ‘-이(i)/히(hi)’可构成派生状语。在例句(9)(a-b)中，在形容词 ‘따뜻하다ttatteutada(温暖的)’，‘높다noptta(高的)’的词干后面加上词缀 ‘–이(i)’构成状语修饰后面的动词谓语 ‘반겼다bangyeotta(欢迎)’和 ‘날았다naratta(翱翔)’。

7.1.2. 汉语中的程度补语的概念和句法特征

翻阅迄今为止对补语的研究资料可知补语是很重要的，因为虽然学者们对于补语的分类都各不相同，但他们一致认同补语的功能中有表现“程度”这一项，而且还把程度补语相关内容单独列举了出来。下面我们来看一下其中几位学者们的见解。

吕叔湘(1980)认为补语是放在动词后面表现结果或状态的成分，并引入了 ‘得’字。因此，他认为不用 ‘得’字连接的就不是补语。他说补语有三个功能，第一，说明情况(如“这孩子现在长得挺高了”)；第二，说明程度(如“我们跑得都喘不上气来”)；第三，说明结果(如“一句话说得大家都乐了”)。

刘月华(2002)在1982年出版的«实用现代汉语语法»中把补语分为结果补语，可能补语，方向补语，情态补语，数量补语和介词短语补语，但在2002年的修订版中，就把程度补语从情态补语中分离了出来，并把程度补语分为用‘得’字连接的程度补语(如“辛苦得很”，“闷得慌”，“热得不得了”等)和不用‘得’字连接的程度补语(如“累极了”，“坏透了”，“强多了”等)。

房玉清(1992)把程度补语定义为置于形容词或一部分心理动词之后用于表现程度的补语，并把程度补语分为用‘得’字连接的程度补语(如“高兴得很”，“气得不得了”等)和不用‘得’字连接的程度补语(如“高兴极了”，“强多了”等)。

杨玉玲(2011)定义程度补语为置于形容词或心理动词之后用于表现某种性质或心理状态的程度的补语，并把程度补语分为用‘得’字连接的程度补语(如“我累得要死”等)和不用‘得’字连接的程度补语(如“这本便宜多了”等)。

综合上述内容可知，程度补语(Degree Complement)是置于形容词或心理动词之后用于说明谓语的程度或表现事物的性质或状态到达的某种程度，大致可分为用‘得’字连接的程度补语和不用‘得’字连接的程度补语两类。不用‘得’字连接的程度补语有‘极了’，‘死了’，‘透了’，‘多了’，‘远’，‘坏’以及‘不过’等，用‘得’字连接的程度补语有‘很’，‘多’，‘慌’，‘要死’，‘要命’，‘厉害’，‘不行’，‘不成’，‘可以’，‘邪乎’，‘够呛’，‘不得了’，‘了不得’，‘没治了’及‘什么似的’等。请看下面的例句：

(10) 他高兴得不得了。

(11) 她气得脸都白了。

在例句(10)中，‘不得了’作为程度补语使用，表现谓语‘高兴’的程度。在谓语和补语之间放入结构助词‘得’，这种使用了程度补语的句子的代表性句式是: S(主语/他)+A/V心理(谓语/高兴)+得+DC(补语/不得了)。不过，像例句(11)

这样，程度补语也可以由主谓短语构成，所以在本文中，把用‘得’字连接的补语分为〔S+A/V心理 +得+A/Adv〕和〔S+A/V心理+得+C〕两种句式来进行研究。

在[S+A/V心理+得+A/Adv]句式中，可使用‘很’，‘多’，‘慌’，‘要死’，‘要命’，‘厉害’，‘不行’，‘不成’，‘可以’，‘邪乎’，‘够呛’，‘不得了’，‘了不得’，‘没治了’以及‘什么似的’等做补语；在[S+A/V心理+得+C]句式中，可使用动词，形容词和形容短语，修饰短语，动宾短语，动补短语，连动短语，联合短语，主谓短语，固定短语等做补语。

谓语是程度补语句法区别于和情态补语或状态补语句法的第一个要素[70]，下面来探究一下程度补语的谓语。可以用作程度补语的谓语的词有形容词和心理动词。形容词分为性质形容词，状态形容词，非谓形容词，请看下面的例句：

(12) a. 夏天北京热得很。

b. *他的脸通红得厉害。

c. 那个玩具,孩子喜欢得不得了。

在例句(12)(a)中，形容词‘热’是表述‘热’这个属性的性质形容词，它被程度补语‘很’修饰，表达的意思是‘热的程度很高’。像在例句(12)(b)中的‘通红’这种本身已经包含了程度的状态形容词就不可以再用程度补语加以修饰。

在例句(12)(c)中，给表述人心理的心理动词‘喜欢’加上了程度补语‘不得了’，表达的’意思是‘喜欢的程度很深’。非谓形容词是不可做谓语的形容词，它们只能修饰名词，不可以被程度补语修饰。

汉语中的程度副词语法特征的相关研究依然很充分。大部分研究结果表

70 在句法特征方面，情态补语和程度补语之间最大的差异是它们的“谓语”。情态补语的谓语是动作动词，描述动作的“结果，评价，判断”等；程度补语的谓语是形容词，心理动词或感受动词，主要描述的是“程度”。

明，程度副词的功能主要是修饰性质形容词，而不修饰状态形容词，对于动词，程度副词也只修饰描述心理活动的动词。那么，在例句(13)(a-c)中，从‘表述程度’的这一方面来比较，可以说程度补语和程度副词有着相同的功能，观察下面这些例句，判断其中‘很’的修饰用的是否正确。

(13) a. 夏天北京热得很。→ 夏天北京很热。

b. 那个玩具,孩子喜欢得不得了。→ 那个玩具,孩子很喜欢。

c. 脸冻得通红。→ *脸很冻得通红。

例句(13)(a-b)中的句子都成立，但例句(13)(c)中的句子不成立，在这两个句子中‘冻’这个动词的意思是‘手脚凉，冷’，并不是表述心理的动词，所以在原句中‘冻’不能作程度补语的谓语，在后句中‘冻’也不能被程度副词修饰。

可马庆株(1992)却认为，‘冻’是感受动词[71]，本来是用于标记大部分动作，这类动作加在其他人或物身上，使其产生某种‘感觉’或‘感应’，和程度补语一起使用时就可能包含程度，所以尽管词本身和表达程度没有一点关系，但却可以作程度补语的谓语使用。

在本文中也是，笔者对感受动词采用和表示因果关系的程度补语的S+A/V心理+得+C句式一致的句式，用程度补语对其加以修饰，使其包含程度，从而把感受动词也包含在可以做程度补语的谓语范畴里面。

程度补语用语是程度补语句法区别于情态补语或状态补语句法的第二个要素，下面让我们来探究一下。

第一, 可以在〔S+A/V心理/感受+得+A/Adv〕句式中用作程度补语的词有‘很’，‘多’，‘慌’，‘要死’，‘要命’，‘厉害’，‘不行’，‘不成’，‘可以’，‘邪乎’，‘够呛’，‘不得了’，‘了不得’，‘没治了’以及‘什么似的’等。

71 马庆株(1992)认为，感受动词指的是动作行为施加到人身上，使人在视觉，听觉，嗅觉，味觉或触觉等方面产生某种感觉的动词。

(14) 北京烤鸭好吃得很。

心绪乱得很。

'很'作为形容词用在'得'后面，起补语的作用，形容程度深。'很'作为程度副词使用，起修饰形容词的作用，也可以作为程度补语使用，起修饰谓语的作用。在例句(14)中，'-得很'放在谓语形容词'好吃'和'乱'后面使用，各形容'非常好吃'和'非常心乱'。像这样，'很'既用于积极意义的谓语，也用于消极意义的谓语。

(15) 我觉得累得慌。

'慌'作为形容词用在'得'后面，起补语的作用，形容肉体或心理上无法忍受。在例句(15)中，'-得慌'起修饰谓语形容词'累'的作用，形容'疲劳很严重'。只用于消极意义的谓语。

(16) a. 心里想得要命。

b. 外边热得要死, 别出去了。

'要命'作为副词，意思是'엄청eomcheong · 아주aju · 몹시mopsi(非常)'，形容程度非常严重，'要死'作为副词，意思是'지독하게jidokage · 몹시mopsi · 굉장히goengjanghi(非常)'，形容程度达到极点。'要命'和'要死'一般多用语口语，在正式场合用'-极了'或'-得很'更合适。主要用表达贬义。在例句 (16)(a)中，'-得要命'起修饰谓语心理动词'想'的作用，形容'迫切地想)。在例句(16)(b)中，'-得要死'起修饰谓语形容词'热'的作用，形容天气很热。

(17) a. 穿上新衣服, 孩子们高兴得了不得。

b. 他难过得不得了。

c. 因感情问题, 他苦闷得不行。

d. 他懒得可以, 自己的衣服都不洗。

'了不得'作为形容词，意思是'厉害，超乎寻常'，兼用于形容消极和积极意义。'不得了'和'不行'作为副词，意思是程度'非常严重，无法忍受'，兼用于消极和积极意义。'可以'作为形容词，形容'严重，厉害'。在例句(17)(a)中，'-得了不得'起修饰谓语形容词'高兴'的作用，形容孩子们'特别高兴'。在例句(17)(b)中，'-得不得了'起修饰谓语形容词'难过'的作用，形容他'十分难过'。在例句(17)(c)中，'-得不行'形容程度非常严重，修饰谓语形容词'苦闷'，形容他'极度苦闷'。在例句(17)(d)中，'-得可以'的意思是'厉害'，修饰谓语形容词'懒'，形容他'特别懒'。含有讽刺的意思，表述话者的评价，主要用于否定意义。

(18) a. 她对顾客热情得什么似的。

b. 这玩具孩子喜欢得不成。

在例句(18)(a)中，'-得什么似的'作程度补语，意思是'완전히wanjeonhi, 참으로chameuro, 몹시mopsi (非常) '，修饰谓语形容词'热情'，形容她'非常热情'。在例句(18)(b)中，'不成'作程度补语，意思和'不行'一样，修饰谓语心理动词'喜欢'，形容孩子'十分喜欢'这玩具。虽然也用于肯定意义，但大部分情况下都用于否定意义。

(19) a. 刚才这个辣椒把我辣得够呛, 眼泪都出来了。

b. 持续高温, 热得(可真)够受的。

c. 今天冷得邪乎。

d. 我肚子疼得厉害。

在例句(19)(a)中，'够呛'作为形容词，意思是'累，无法忍受，快死了'，作为程度补语使用，修饰谓语形容词'辣'，形容'辣得流眼泪，无法忍受'。在例句(19)(b)中，'够受的'作为形容词，意思是'累得难以忍受，快死了'，用作程度补语，修饰谓语形容词'热'，形容'热得难以忍受'。在例句(19)(c)中，

'邪乎'作为形容词，意思是'厉害，程度深'，用作程度补语，修饰谓语形容词'冷'，形容'非常冷'。在例句(19)(d)中，'厉害'作为形容词，意思是'非常，极其'，作为程度补语，修饰谓语形容词'疼'，形容'肚子非常疼'的意思。'够呛'，'够受的'，'厉害'都用于口语，形容程度非常严重。'够呛'是北方地区的方言，大部分情况下用于否定意义，'够受的'也是用于否定意义，'邪乎'和'厉害'意思一样，都是北方方言中常用的口语。

(20) 坐车比骑车快得多。

'多'作为形容词，意思是'远远地'，在例句(20)中，'-得多'修饰谓语形容词'快'，形容坐车'远快于'骑车。'-得多'多用于不同事物之间的比较。

第二,可以在〔S+A/V心理/感受+得+C〕句式中用作程度补语的短语有'动词，形容词和形容词短语，修饰短语，动宾短语，动补短语，连动短语，联合短语，主谓短语以及固定短语'等。

(21) a. 老虎饿得发慌。
b. 她痛得直打滚。

在例句(21)(a-b)中，动词'发慌'和动词短语'直打滚'直接作为形容程度的程度补语使用。在例句(21)(a)中，动词'发慌'修饰谓语形容词'饿'，形容老虎'肚子饿，很痛苦'。在例句(21)(b)中，动词短语'直打滚'修饰谓语形容词'痛'，形容肚子'很痛，咕噜咕噜打滚'。一般来说，如果动词作补语，就表现程度很严重，以至于导致了某种结果。

(22) a. 非洲的小女孩子饿得瘦瘦的。
b. 这个苹果熟得鲜红鲜红。

在例句(22)(a-b)中，形容词'瘦瘦的'和形容词短语'鲜红鲜红'直接作为形容程度的程度补语使用。在例句(22)(a)中，形容词'瘦瘦的'修饰谓语形容词

‘饿’，是补充说明非洲小女孩饿到了‘瘦瘦的’程度。在例句(22)(b)中，形容词短语‘鲜红鲜红’修饰谓语形容词‘熟’，补充说明苹果熟到了‘鲜红鲜红’的程度。一般来说，如果形容词或形容词短语作补语，就是补充说明谓语表达的程度，描述其结果。

(23) 肚子饿得咕咕叫。

在例句(23)中，修饰短语‘咕咕叫’作程度补语修饰谓语形容词‘饿’，描述肚子饿的程度的相关结果。

(24) 她急得涨红了脸。

在例句(24)中，动宾短语‘涨红了脸’作程度补语修饰谓语心理动词‘急’，描述着急的程度的相关结果。

(25) 妈妈着急得跺脚。

在例句(25)中，动补短语‘跺脚’作程度补语修饰谓语心理动词‘着急’，形容心里着急的程度。

(26) 他气得摔下书包走了。

在例句(26)中，两个动作连续发生的连动短语‘摔下书包走了’做程度补语，修饰谓语心理动词‘气’，形容生气的程度。

(27) 她气得又要哭又要笑。

在例句(27)中，联合短语‘又要哭又要笑’做程度补语，修饰谓语心理动词‘气’，形容生气的程度。

(28) 我累得腰痛。

在例句(28)中，主谓短语‘腰痛’做程度补语，修饰谓语形容词‘累’，描述疲惫的程度的相关结果。

(29) 他凶猛得出人意料。

在例句(29)，固定短语‘出人意料’做程度补语，修饰谓语形容词‘凶猛’，形容凶猛的程度。

7.2. 韩语状语和汉语‘得’字程度补语的相关分析

7.2.1. 和汉语‘得’字程度补语相对应的韩语状语

从描述“程度”的这一角度来看，当按句法基准分类时，和汉语程度补语相对应的是韩语状语中的副词作状语的情况(成分状语)；当按意义基准分类时，相对应的就是韩语中的程度状语。因为在副词作状语的情况下，并不是所有副词都和程度补语相对应，所以笔者只把作成分状语的性状副词中的‘程度副词’作为研究对象。

对于韩国语中的程度副词，郑哲柱(1982)认为，程度副词在修饰被修饰语程度语的同时，强化或等级化程度语所带有的状态和属性等。

孙南翼(1995)认为，程度副词位于状态动词前面，修饰和限定状态动词的意义，给状态动词所具有的状态性意义添加一层程度性意义。

洪史万(2007)把程度副词定义为用于限定状态性谓词，分化，强化或弱化谓词状态的程度的一类副词。因为在韩语中程度副词可修饰的谓语的范围很广[72]，所以笔者在这里只分析和程度补语修饰范围一样的程度副词修饰‘形容词’和‘一部分心理动词’的情况。因为这与基于句法基准和意义基准对程度副词进行的分类的所有情况是相符的，所以笔者将以第二章和第三章的内容为基础，进行名为「韩国语程度副词(状语)和汉语‘得’字程度补语1:1对应」的假设分析。

在韩语中，如果遵循词类论规定的话，程度副词只能修饰形容词，所以就难以解释程度副词修饰副词，冠词，动词等多种对象的情况[73]。而且，对于程度副词的分类，学者们的见解也是各种各样，按照等级分类的基准太过主观，又不明确，所以与把程度副词按等级分类的方法相比，按意义特征分类的方法才能客观地分析程度副词的意义。

因此，根据从意义论的角度切入的学者们对于程度副词的见解，笔者把程度副词分为五类。程度副词用于描述“比较，肯定，否定，量以及强调”等意义。描述比较意义的程度副 词有‘가장gajang(제일jeil(最))’，‘더deo(훨씬hwolssin(更))’，‘덜deol(不太)’等；描述肯定意义的程度副词有‘한결hangyeol(更加)’，‘퍽peok(程度比一般高出很多/아주aju(很)/무척mucheok(特别))’等；描述否定意义的程度副词有‘너무neomu(程度超出某一基准/지나치게jinachige(过于))’，‘몹

72 例) a. 그는geuneun 아주aju 바보라서baboraseo 정상생활을jeongsangsaenghwareul 할hal 수su 없다eoptta. (修饰名词) 他真是个傻瓜，不能过正常人的生活。

b. 영희는yeonghuineun 밥을babeul 너무neomu 먹는다meongneunda. (修饰动词) 英喜饭吃得太多。

오늘o'neul 바람이barami 몹시mopsi 분다bunda. (修饰动词) 今天风刮得很大。

c. 이i 기계는gigyeneun 꽤kkwae 새sae 것이다geosida. (修饰冠形词) 这个机器很新的。

d. 그녀는geunyeoneun 너무neomu 빨리ppalri 걷는다geonnenda. (修饰副词) 她走得太快。

올해는olhaeneun 눈이nuni 퍽peok 많이mani 내렸다naeryeotta. (修饰副词) 今年雪下得很多。.

如果韩语中的程度副词修饰副词，作状语，或修饰动词的话，在汉语中，对应的就是描述人或其他对象的动作或状态的程度补语。

73 虽然迄今为止学者们都认为程度副词带有程度性，所以只能修饰形容词，但程度副词可以修饰形容词，一部分心理动词，表示结果状态持续的过程动词，性状冠形词，样态副词，指定短语等多种词，这是因为程度副词可以限制这些都带有“状态性”意义的被修饰语。因为不同程度副词所表述的意义不同，被程度副词修饰后的被修饰语所表现的形态或状态就不同，所以有必要对程度副词的意义进行分析。

mopsi(非常严重)’，‘대단히daedanhi(程度非常严重)’等，‘몹시mopsi’和‘대단히daedanhi’不仅修饰否定意义的词，有时也修饰肯定意义的词；描述量的意义的程度副词有‘조금jogeum(一点)’；描述强调意义的程度副词有‘아주aju(很)’，‘매우mae'u(非常)’，‘참cham(真)’，‘무척mucheok(特别)’等。

(30) a. 연민정이Yeonminjeong'i 반에서baneseo 성적이seongjeogi 가장gajang 좋다jota. (连敏静在班里成绩‖最好)

우리Uri 반에서baneseo 장보리가jangboriga 연민정을yeonminjeong'eul 가장gajang 사랑한다saranghanda. (我班里张宝丽最爱连敏静)

b. 자동차가Jadongchaga 자전거보다jajeongeoboda 더deo 빠르다ppareuda. (汽车比自行车‖更快/快得多/快多了)

c. 아침보다Achimboda 덜deol 춥지chupji? (和早晨相比不太冷吧？)

描述比较意义的程度副词用于比较句中。在例句(30)(a)中，‘가장gajang’的意思是‘在多个(三个或三个以上)对象之中程度最高或最强’，是韩语中表示最高级程度的副词，和汉语中的程度副词‘最’对应。在例句(30)(b-c)中，‘더deo’和‘덜deol;’比较两个或两个以上对象，和‘-보다boda’一起多用于比较句中，‘더deo’的意思是‘程度比某一基准严重或超出一定的基准’，和用于描述比较的汉语中的程度补语‘-得多/多了’相对应。‘A는 B보다boda 더deo(훨씬hwolssin)–하다hada’句式和‘㉠ A比B+更+形容词’与‘㉡ A比B+形容词+得多/多 了’两种句式相对应。“덜deol”的意思是‘某一程度或基准弱’，与汉语中的程度副词‘不太’相对应。

(31) a. 세수를Sesureul 하고hago 나니nani 머릿속이meorissogi 한결hangyeol 맑아졌다malgajyeotta. (洗完脸头脑‖更加清晰了/头脑轻松多了/轻松得多)

b. 비가Biga 한바탕hanbatang 내리니naerini 날씨가nalssiga 퍽peok 시원해졌다siwonhaejyeotta. (下了一阵雨,天气‖凉快多了/凉快得多)

c. 옛Yet 전우를jeonureul 만나니mannani 몹시mopsi 기쁘다gippeuda.

(老战友见面‖非常高兴/高兴得了不得/高兴得很)

(32) a. 집이Jibi 너무neomu 습해seupe! (家里‖湿潮得很/太湿潮)

b. 근래에Geunrae'e 그는geuneun 말수가malsuga 매우mae'u 적고jeokko 몹시 mopsi 침울하다chimulhada. (近来他很少说话, 沉闷得很)

c. 그는Geuneun 대단히daedanhi 고집스럽다gojipseureoptta.

(他‖相当固执/固执得很)

表示肯定意义或否定意义的程度副词只限于修饰带有肯定意义或否定意义的被修饰语。换言之，带有肯定意义或否定意义的程度副词会把被修饰语的词义限制为肯定意义或否定意义。如果肯定意义的程度副词和否定意义的被修饰语一起使用，句子就会很不自然，反之亦然。有时，否定意义的程度副词修饰肯定意义的词，不过这时程度副词不再表示否定意义，而是像例句(31)(c)那样，表示强调意义。汉语中的程度补语也一样，褒义或贬义的程度补语会把被修饰语的词义限制为褒义或贬义的。不同的是，在韩语中否定意义的程度副词和肯定意义的词一起使用时，程度副词就会变为表示强调意义，可在汉语中，‘-得很’的意义不会变，它兼具积极意义和消极意义。观察例句(31)(a-e)和(32)(a-c)中可知，韩语中的状语和汉语中的程度副词或程度补语是相对应的。

(33) a. 오늘은O'neureun 날씨가nalssiga 조금jogeum 춥다chuptta.

(今天天气‖有点冷/稍微有点冷)

b. 그의Geu'ui 성적이seongjeogi 나보다naboda 조금jogeum 높다noptta.

(他的成绩比我的‖高一点儿)

表示量的意义的程度副词 ‘조금jogeum’，一般来说，当它和表示消极意义的形容词或心理动词一起使用时，谓语就具有消极意义，和表示数量不

多或程度不深的汉语中的否定量词‘有点儿’相对应；当表示比较时，和‘一点儿’相对应。

(34) a. 그는Geuneun 아주aju 똑똑하다ttokttokada. (他‖很聪明/聪明得很)
b. 오늘O'neul 매우mae'u 춥다chuptta. (今天‖非常冷/冷死了)
c. 내Nae 아기는agineun 참cham 예쁘다yeppda. (我的孩子‖真漂亮/漂亮极了)
d. 어머니는Eomeonineun 나의na'ui 합격hapgyeok 소식에sosige 무척mucheok 기뻐하셨다gippeohasyeotta. (妈妈听到我及格的消息‖非常开心/开心极了/开心得不得了)
e. 그Geu 여자는yeojaneun 키가kiga 꽤kkwae 크다keuda. (她个子‖相当高)

表示强调意义的程度副词在起突出被修饰语的程度的强调作用的同时，也含有评价的意义。观察例句(34)(a-e)可知，韩语中的程度副词和汉语中的程度状语或程度补语相对应。表示“比较，肯定，否定，量，强调”等意义的韩语中的程度副词都指向谓语。

7.2.2. 和韩语中的状语相对应的汉语中的“得”字程度补语

笔者将以第二章和第三章的内容为基础，进行「汉语‘得’字程度补语和描述“程度”的韩语中的程度副词(状语)1:1对应」的假设分析。

第一，在S+A/V心理/感受+得+Adv/A句式中，副词或形容词‘很’，‘多’，‘慌’，‘要死’，‘要命’，‘厉害’，‘不行’，‘不成’，‘可以’，‘邪乎’，‘够呛’，‘不得了’，‘了不得’，‘没治了’，‘什么似的’等作程度补语的情况。

(35) a. 图书馆‖安静得[很]。도서관은Doseogwaneun [매우mae'u/무척mucheok/아주aju] 조용하다joyonghada.

b. 今天的天气‖比昨天好得[多]。오늘O'neul 날씨는nalssineun 어제보다eoje-boda [더deo/훨씬 hwolssin] 좋다jota.

c. 他‖想你想得[不得了]。그는Geuneun 너를neoreul [정말jeongmal/몹시mop-si/무척mucheok] 그리워했다geuriwohaetta.

d. 杭州的夏天‖热得[了不得]。항저우의Hangjeo'u'ui 여름은yeoreumeun [너무neomu/몹시mopsi/굉장히goenghanghi] 덥다deoptta.

e. 我‖渴得[要命]。나는Naneun [몹시mopsi/너무neomu] 목마르다mongma-reuda.

f. 她‖害怕得[要死]。그녀는Geunyeoneun [몹시mopsi/대단히daedanhi/굉장히goengjanghi] 무서웠다museowotta.

g. 我的房间‖冷得[慌]。내Nae 방은bang'eun 못mot [견디게gyeondige/너무neomu/견딜gyeondil수su 없이eopsi] 춥다chuptta.

h. 这几天‖热得[厉害]。요Yo 며칠myeochil [지독하게jidokage/대단히daedan-hi/심하게simhage] 덥다deoptta.

i. 我‖饿得[不行]。배가Baega 고파gopa [죽을jugeul 지경이다jigyeong'i da/견딜gyeondil수su 없다eoptta] / [너무neomu/몹시mopsi] 배가baega 고프다go-peuda.

j. 这天‖冷得真够[可以]的。요즘Yojeum 날씨는nalssineun 정말jeongmal [너무neomu] 춥구나chupguna.

k. 最近‖忙得[够呛]。요즘Yojeum 바빠bappa [죽겠어jukkesse] / [엄청나게eomcheongnage] 바빠bappa.

l. 风景‖好得[没治了]。경치가Gyeongchiga [빼어나게ppae'eonage] 좋다jotta./ [대단히daedanhi] 좋다jotta.

m. 她‖高兴得[什么似的]。그녀는Geunyeoneun [참으로chameuro/무척mu-cheok/아주aju] 기뻤다gippeotta. / 기쁘기gippeugi [짝이jjagi 없다eoptta]

在例句(35)(a)中，程度补语‘-得很’与表示强调的程度副词‘매우mae'u/무척mucheok/아주aju’相对应。在例句(35)(b)中，程度补语‘-得多’与用于比

较句中的程度副词‘더deo/훨씬hwolssin’相对应。在例句(35)(c)中，程度补语‘-得不得了’与表示肯定意义的程度副词‘몹시mopsi/무척mucheok’相对应。在例句(35)(d)中，程度补语‘-得了不得’与表示否定意义的程度副词‘너무neomu/몹시mopsi’相对应。

在例句(35)(e-f)中，程度补语‘-得要命/要死’与表示否定意义的程度副词‘몹시mopsi/너무neomu/대단히daedanhi’相对应。在例句(35)(g)中，程度补语‘-得慌’和表示否定意义的程度副词‘너무neomu’相对应。此外，也和‘못mot 견디게gyeodige/견딜gyeondil 수su 없이eopsi’相对应，该副词是‘某件事是不可能的’的意思，是在动词‘견디다gyeondida’后面加上‘-없이eopsi’构成的，用作状语，表示程度。在例句(35)(h)中，程度补语‘-得厉害’和表示否定意义的程度副词‘대단히daedanhi’相对应。此外，也和‘지독하게jidokage/심하게simhage’相对应，形容词‘지독하다jidokhada’的意思是形容某种状态超出了一定的界限，达到了极限或程度非常严重，形容词‘심하다simha da’是程度很严重的意思。在这两个形容词后面加上‘-게ge’，作为状语使用。在例句(35)(i)中，程度补语‘-得不行’与表示否定意义程度副词‘너무neomu/몹시mopsi’相对应。此外，也和‘죽을jugeul 지경이다jigyeong'ida/견딜gyeondil 수su 없다eoptta’相对应，依存名词‘지경이다jigyeong'ida’表示的是某种处境，情况或程度，用在形容词后面，形容饥饿的程度。在例句(35)(j)中，程度补语‘-得可以’与表示否定意义的程度副词‘너무neomu’相对应。在例句(35)(k)中，程度补语‘-得够呛’与‘죽겠다jukketta’或‘엄청나게eomcheongnage’相对应。辅助形容词‘-죽겠다jukketta’在形容词后面按‘-어eo 죽다juktta’的结构使用，形容前面谓语所表述的状态或感觉的程度非常严重。在形容词‘엄청나다eomcheongnada’后面加上‘-게ge’，作为状语使用。在例句(35)(l)中，程度补语‘-得没治了’与表示肯定意义的程度副词‘대단히daedanhi’相对应。此外，也和‘빼어나게ppae'eonage’相对应，‘빼어나다ppae'eonada’是形

容词，形容的是在几个当中特别出色的意思，在其后加上 '-게ge'，作为状语使用。在例句(35)(m)中，程度补语 '-得什么似的' 与表示强调的程度副词 '참cham/무척mucheok/아주aju' 相对应。此外，也和 '짝이jjagi 없다eoptta' 相对应，副词 "-가ga 짝이jjagi 없다eoptta" 的结构是 '不是比较/较量的对象' 的意思，是 '대단하다daedanhada' 的意思，兼用于肯定和否定的意义。在例句(35)(a)~例句(35)(m)中，所有程度补语的意义都指向谓语。

第二，在句式S+A/V心理/感受+得+C 中，'动词或动词短语'，'形容词或形容词短语'，'修饰短语'，'动宾短语'，'动补短语'，'连动短语'，'联合短语'，'主谓短语'，'固定短语' 等作程度补语的情况。

(36) a. 老虎 ‖ 饿得发慌。호랑이는Horang'ineun ‖ 속이sogi 쓰리게ssreurige 배가baega 고프다gopeuda.

b. 这个苹果 ‖ 熟得鲜红鲜红。이I 사과는sagwaneun ‖ 새빨갛게saeppalgake 익었다igeotta.

c. 肚子 ‖ 饿得咕咕叫。배가Baega ‖ 꼬르륵Kkoreureuk 소리sori 날nal 정도로jeongdoro 고프다gopeuda.

d. 她 ‖ 急得涨红了脸。그녀는Geunyeoneun ‖ 급해서geupeseo 얼굴이eolguri 달아올랐다dara'ol ratta.

e. 妈妈 ‖ 着急得跺脚。엄마는Eommaneum ‖ 초조해서chojohaeseo 발을bareul 굴렀다gureotta.

f. 他 ‖ 气得摔下书包走了。그는Geuneun ‖ 화가hwaga 나서naseo 책가방을chaekkabang'eul 내동댕이치고naedongdaeng'ichigo 갔다gatta.

g. 她 ‖ 气得又要哭又要笑。그녀는Geunyeoneun ‖ 화가hwaga 나서naseo 울다가uldaga 웃다가u'ttaga 한다handa.

h. 我 ‖ 累得腰痛。나는Naneun ‖ 피곤해서pigonhaeseo 허리가heoriga 아프다apeuda.

i. 他 ‖ 惊得魂飞魄散。그는Geuneun ‖ 놀라서nolraseo 혼비백산honbibaeksan

하였다hayeotta.

j. 爸爸把妈妈 ‖ 气得直跺脚。아빠는Appaneun 엄마를eommareul ‖ 화나서hwanaseo 발을bareul 동동dongdong 구르게gureuge 하였다hayeotta.

k. 她把鱼 ‖ 烧得黑黑的。그녀는Geunyeoneun 생선을saengseoneul ‖ 태워서taewoseo 까맣게kkamake 만들었다mandeureotta. / 까맣게ggamake 될doel 정도로jeongdoro 태웠다taewotta.

例句(36)(a-k)可以用接在以‘하다hada’或‘하다가hadaga’结尾的谓词的词干后面的表示原因或根据的连接语尾‘-여서yeoseo’解释，也可以用描述事物的性质或价值的好坏，优劣达到某一分量或水平的‘-ㄹ 정도(로) jeongdo(ro)’解释。观察这些程度补语可知，它们都是对谓语形容词或心理动词的描述，是表示结果的，是包含着程度意义的。虽然这些句子整体的焦点是在程度补语部分，但即使没有程度补语，它们也是成立的。在这些句子中，程度补语的作用是描述动作或事物的性质达到某一程度，让句子的意义变得更加丰富多彩。在例句(36)(a)-例句(36)(i)中，程度补语的意义指向主语，在(36)(j-k)中，程度补语的意义指向‘把’字宾语。

7.3. 综合分析

综合上述研究内容分析后，得出如下结论。

第一，韩语中的程度副词和汉语中的程度补语修饰形容词和心理动词谓语，作用是使谓语的意义更加明确，它们的共同点是，在构成句子时即使省略了它们，句子的意思也不会有太大改变。

第二，韩语中的程度副词作为添加语，属于附属成分，可以修饰的谓语的范围很广，汉语中的程度补语作为补充语，属于构成句子的重要成分，可以修饰的谓语的范围限于形容词，心理动词和感受动词。

第三，经分析，韩语中的程度副词表示‘比较’，‘肯定’，‘否定’，‘量’，‘强调’等五种意义，考察其是否和汉语中的程度补语1:1对应的结果是，表示“比较”意义的程度副词中的‘더deo’，以及表示“肯定或否定”意义的程度副词和汉语中的‘得’字程度补语相对应。表示“强调”的程度副词大体上与汉语中的程度副词或程度补语相对应，表示“量”的程度副词和汉语中的不定量词相对应。

第四，汉语‘得’字程度补语句式分为‘S+A/V心理/感受+得+A/Adv’句式和‘S+A/V心理/感受+得+C’句式，考察其是否和韩语中的程度副词1:1对应，得出如下结论：

<table>
<tr><th colspan="2">S+A/V心理/感受+得+A/Adv</th><th>S+A/V心理/感受+得+C</th></tr>
<tr><td>-得[A/Adv]</td><td>韩语中的程度副词</td><td rowspan="5">大部分都描述结果，内含‘정도jeongdo(程度)’。

连接语尾‘-여서yeoseo’表现的是‘得’字前面的谓语中心语和‘得’字后面的程度补语之间的一定的因果关系，‘-ㄹ 정도(로)jeongdo(ro)’用于夸张或比喻的 表达，在想要强调程度的强度时使用。</td></tr>
<tr><td>-得[多]</td><td>和在比较句中使用的程度副词
‘더deo/훨씬hwolssin’相对应</td></tr>
<tr><td>-得[很]
-得[什么似的]</td><td>和表示强调意义的程度副词
‘매우mae'u/무척mucheok/아주aju’
相对应</td></tr>
<tr><td>-得[要命]
-得[要死]
-得[够呛]</td><td>和表示否定意义的程度副词
‘몹시mopsi/너무neomu/대단히daedanhi’
相对应</td></tr>
<tr><td>-得[不得了]
-得[了不得]
-得[没治了]
-得[厉害]</td><td>① 和兼具肯定和否定意义的程度副词相对应
② 也和谓词副词型中的‘A+-게ge’修饰形容词的形态相对应</td></tr>
</table>

第五，韩语中的程度副词起限制谓语语义的作用，指向谓语。‘S+A/V心理/感受+得+A/Adv’句式和韩语中的程度副词一样，其意义指向谓语，‘S+A/V心理/感受+得+C’句式的意义指向主语或‘把’字宾语。

第六, 韩语种的程度状语的作用是表现带有状态性的被修饰语的等级。换言之，它能强化或弱化被修饰语的状态性(程度状语+状态性)，有时还可以表现属性或性状，直接表现程度的大小(程度状语+程度性)。因为韩国语中的程度状语既能表现状态性，又能表现程度性，所以除了和汉语中的程度补语相对应之外，在修饰副词，形成副词短语，或修饰动词的时候，还和汉语中的情态补语相对应。因此，在韩国，把汉语中的情态补语和程度补语翻译为韩语时，就能难区分，当学习者们觉得在学习‘得’字方面感到困难，在出版的各种语法教材中，也把这两种补语归为一种，统称为程度补语来说明。

7.4. 结论

本文旨在帮助在‘得’字程度补语的理解上有困难的韩国的汉语学习者们掌握好‘得’字程度补语，考察了韩语中的程度状语和汉语中的‘得’字程度补语的之间的对应关系。

为了更加具体和明确地分析韩语中的程度状语和汉语中的程度补语之间的关联性，要先进行如下研究。

在韩语学界，需要对韩语程度状语可以修饰的谓语的范围，各个程度副词的等级与意义进行相关探讨。而且，还需要研究韩语中除了程度状语之外，还有那些状语可以表现程度。

在汉语学界，需要对汉语情态补语和程度补语的用词，谓语以及各个补语的功能进行正确的分类。而且，还需要从汉语中的程度状语和补语的句法，语义，语用方面着手，对其共同点和不同点继续进行研究。

虽然本文没有给出各种丰富的例句为分析根据，也没有通过实际错误分析进行实证，这多少有些遗憾，但还是比较系统地阐明了韩语程度状语和汉语程度补语之间的关系，可以说这一点是本文的成果。希望本文可以有助于读者对汉语中的‘得’字程度补语的理解。

参考文献

一，论著

陈昌来：《二十世纪的汉语语法学》，书海出版社，2002。

陈昌来：《现代汉语语义平面问题研究》，学林出版社，2003。

池昌海：《现代语言学导论》，浙江大学出版社，2014。

丁声树等著：《现代汉语语法讲话》，商务印书馆，1961。

范 晓：《三个平面的语法观》，北京语言文化大学出版社，1996。

房玉清：《实用汉语语法》，北京大学出版社, 2001。

甘玉龙，秦克霞：《新订现代汉语语法》，中国戏剧出版社，1993。

高更生：《汉语语法问题试说》，山东教育出版社， 1982。

黄伯荣，廖序东：《现代汉语》，高等教育出版社， 2007。

季永兴：《现代汉语语法结构分析》，广西师范大学出版社，1990。

李德律，程珍美：《外国人实用汉语语法》，北京语言大学出版社，2008。

吕叔湘：《汉语语法分析问题》，商务印书馆，1979。

吕文华：《对外汉语教学语法探索》，北京语言大学出版社，2008。

刘月华等著:《实用现代汉语语法》，商务印书馆, 2002。

柳英绿:《韩汉翻译基础》，延边出版社, 2002年

马庆株：《汉语动词和动词性结构》，北京语言学院出版社， 1992年。

Peter Kupfer:《汉语作为外语教学的语法体系急需修改的要点》，北京语言学院出版社, 1990。

邵敬敏：《现代汉语通论(第2版)》，上海教育出版社，2007。

宋玉柱：《语法论稿》，北京语言学院出版社，1995。

邢福义：《汉语语法三百问》，商务印书馆，2002。

杨寄洲：《汉语教程》，北京语言大学出版社，2009。

岳俊发：《得字句的产生和演变》，语言研究，1984。

张 凯:《新实用汉语课本》，北京语言学院出版社, 2009。

朱德熙：《语法讲义》，商务印书馆，2010。

周小兵：《对外汉语教学语法探索》，北京语言大学出版社，2007。

周小兵等著：《外国人学汉语语法偏误研究》， 北京语言大学出版社，2007。

고려대학교민족문화연구원：《韩中辞典》，고려대학교민족문화연구원，2008。

국립국어원：《외국인을 위한 한국어문법》，커뮤니케이션북스，2005。

국립국어원：《한국어문법》，커뮤니케이션북스，2005。

김태성:《최신중국어법노트》，문예림, 1999。

김현철:《어법연구교정》, chinahouse1, 2007。

김형엽:《영문법의 이해》, 고려대학교출판부, 2009。

남기심·고영근:《표준국어문법론》, 박이정, 2014。

맹주억:《轻轻松松》, 교육인적자원부, 2002。

박덕진:《중국어I》, 정진출판사, 2011。

박용진:《현대한어교학어법연구》, 학고방, 2005。

박종한 외:《중국어의 비밀》, 궁리출판사, 2012。

서정수:《한국어부사》, 서울대학교출판사, 2008

서정수:《국어문법》, 집무당, 2013。

이관규:《학교어법론》, 월인출판사, 2005。

허성도:《현대중국어어법연구》, 도서출판 서울, 1992。

허성도, 오문의 외:《중국어학개론》, 한국방송통신대학출판사, 2000。

한재영 외:《한국어문법교육》, 태학사, 2008。

Ellis. 1985. Understading second Language Acquisition.Oxford University Press.

Fries, C. 1945. Teaching and learning English as a foreign language. University of Michigan Prss.

Lado, R. 1957. Linguistics across culture. University of Michigan Press.

Muriel Saville-Troike. 2006. Introducing Second Language Acquisition, Cambridge Univer sity Press.

二, 期刊, 论文集论文

范　晓:汉语的短语,《中国语文》1991年第3期。

范　晓:V得句的“得”后成分,《汉语学习》1996年第6期。

胡裕树, 文炼:句子分析漫谈,《中国语文》1982年第3期。

胡裕树, 范晓:试论语法研究的三个平面,《新疆师范大学学报》1985年第2期。

黄南松:从对外教学看现代汉语语法研究,《语文研究》1993年第3期。

黄玉花:韩国学生习得汉语补语研究,《和田师范专科学校学报》2004年第24卷第3期。

李临定:带“得”字的补语句,《中国语文》1963年第5期。

吕文华:汉语教材中语法项目的选择和编排,《语言教学与研究》1987年第3期

吕文华:关于对外汉语教学中的补语系统,《语言教育与研究》1995年第4期

刘月华:状语与补语的比较,《语言教学与研究》1982年第1期。

鲁健骥:情态补语的语境背景及其他,《语言教学与研究》1992年第1期。

鲁健骥:情态补语的句法, 语义, 语用分析在教学中的应用,《语言教学与研究》1993年第2期

朴正实:韩国语形容词性状语的语义指向分析,《中国校外教育》2009年第2期。

朴正实:韩国语动词性状语的语义指向分析,《中国校外教育》2009年第8期。

宋玉柱:谈谈“程度补语”,《逻辑与语言学习》1990年第2期。

王邱丕君, 施建基：补语与状语的比较——从实用汉语课本说起,《语言教学与研究》1992年第4期。

赵中华: 对外汉语教学中极限性程度补语的运用及教学建议,《安徽文学》2012年第 8期。

张豫峰:“得”字句的主语,《语文研究》2000年第1期。

张豫峰:“得”字句中‘得’谓语性成分的考察,《柳州职业技术学院学报》2001年第2期。

张豫峰:“得”字句补语的语义指向,《山西师大学报》2002年第1期。

张豫峰：汉语的焦点和“得”字句,《汉语学习》2002年第3期。

강춘화：汉语“形容词/心理动词+得+补语”的韩语对应语法分析,《汉语中文学》2002年第33集。

강춘화：带“得”字情态补语研究,《汉语中文学》2004年第34集。

김기범：形容词当状语和程度补语时的制约条件研究,《韩中语言文化研究》2007年第12集。

이상도：关于现代汉语程度补语的解释,《中国言语研究》1993年第2集。

성기철：국어 어순 연구,《한글 218》('92.12) 1992年。

윤원릉：韩国学生使用汉语程度补语之偏误分析,《中国语文学论集》2007年第43集。

윤원릉：韩国学生使用汉语情态补语之偏误分析,《中国语文学论集》2007年第44集。

Corder,S.P. 1967. The Significance of Learners, errors. Internationnal Review of Applied Linguistics(IRAL).

Nemser. 1972. Approximative systems of foreign language learners. Internationnal Review of Applied Linguistics(IRAL) vol.4.

Selinker, L. 1969. Language transfer. General Linguistics.

Selinker, L. 1972. Interlanguage. Internationnal Review of Applied Linguistics(IRAL).

三, 学位论文

姜春华：《现代汉语情态补语与程度补语研究》, 上海师范大学博士学位论文, 2005。

车　慧：《韩国留学生习得汉语补语的偏误分析》, 辽宁师范大学硕士学位论文, 2006。

崔　颖：《朝鲜族小学生“得”字补语句偏误分析》, 延边大学硕士学位论文, 2005。

金哉延：《汉语补语与韩国语对应成分关系的探讨》, 天津师范大学硕士学位论文, 2009。

姜文玉：《韩语副词状语在汉语中的对应形式》, 吉林大学硕士学位论文, 2004 。

李高恩：《中高级韩国学生“得”字情态补语习得研究》, 山东大学硕士学位论文, 2011。

刘永生：《现代汉语程度补语研究》, 复旦大学硕士学位论文, 2005。

王　松：《程度补语习得研究》, 南京师范大学硕士学位论文, 2010。

杨文娟：《现代汉语带“得”字程度补语和情态补语的纠葛研究》, 西北师范大学硕士学位论文, 2011。

강재은：《한국학생의 정도보어·정태보어 활용실태 및 오류분석》, 성균관대학교 석사학위논문, 2005。

김경남：《현대 중국어 보어 연구》, 한국외국어대학교 석사학위논문, 1989。

김경훈;《현대국어 부사어 연구》, 서울대학교 박사학위논문, 1996。

고현희：《국어 보어의 범위 설정과 유형 연구》, 제주대학교 석사학위논문, 2007。

SHILEI :《한국어 부사어와 그에 상응하는 중국어 성분의 대조 연구》, 경희대학교 석사학위논문, 2012。

변주현 :《중국어 보어고찰과 교수-학습법 연구》, 경기대학교 석사학위논문, 2011。

손지은 :《국어보어의 범주 및 유형: 기능문법을 중심으로》, 단국대학교 석사학위논문, 2012。

안주영 :《한국어 부사어의 중국어 대응표현에 관한 연구》, 부산대학교 석사학 위논문, 2012。

이승문 :《국어 정도부사의 통사·의미 연구》, 경희대학교 석사학위논문, 2000

이은선 :《국어 보어에 관한 연구》, 충남대학교 석사학위논문, 2009。

유경옥 :《한국어와 중국어의 부사어 대비 연구》, 충남대학교 석사학위논문, 2010。

유미영 :《국어 보어의 범위 연구: 학교문법 중심으로》, 경희대학교 석사학위논문, 2003。

유선화 :《문법교육의 효율성 제고를 위한 보어 개념 연구》, 홍익대학교 석사학위논문, 2004。

윤유정 :《"得" 자 정태보어구문의 문법화 연구》, 연세대학교 박사학위논문, 2009。

윤원릉 :《汉语 "得" 字补语句之教学语法排序研究》, 전북대학교 박사학위논문, 2010。

위수광: 《현대 한어 정도보어·정태보어 구조상 비교 연구》, 부산외국어대학교 석사학위논문, 2004。

진다위: 《한중 부사어 비교 연구》, 경희대학교 석사학위논문, 2011。

정인주: 《현대 한어 "得" 구문에 대한 연구》, 원광대학교 석사학위논문, 2008。

혜정:《한국어와 중국어 어순 대조연구: 문장성분과 관련하여》, 세명대학교 석사학위논문, 2012。

浙江大学研究生学位论文独创性声明

本人声明所呈交的学位论文是本人在导师指导下进行的研究工作及取得的研究成果。除了文中特别加以标注和致谢的地方外，论文中不包含其他人已经发表或撰写过的研究成果，也不包含为获得 浙江大学 或其他教育机构的学位或证书而使用过的材料。与我一同工作的同志对本研究所做的任何贡献均已在论文中作了明确的说明并表示谢意。

学位论文作者签名：　　　　　　　　签字日期：　　年　月　日

学位论文版权使用授权书

本学位论文作者完全了解浙江大学有权保留并向国家有关部门或机构送交本论文的复印件和磁盘，允许论文被查阅和借阅。本人授权浙江大学可以将学位论文的全部或部分内容编入有关数据库进行检索和传播，可以采用影印，缩印或扫描等复制手段保存，汇编学位论文。

(保密的学位论文在解密后适用本授权书)

学位论文作者签名：　　　　　　　　导师签名：

签字日期：　　年　月　日　　　　签字日期：　　年　月　日

致谢

四年的博士生生活一晃而过，回首走过的岁月，心中倍感充实，论文即将完成之日，感慨良多。这篇论文的完稿意味着我的博士研究生生活也行将结束。回首刚刚过去的那些痛并快乐着的日子，有太多的人需要感谢。

首先要感谢的是我的博士生导师池昌海教授。无论是在博士早期的理论学习阶段，还是在中后期的论文选题，撰写阶段，池老师都以其敏锐的学术眼光和深厚的专业功底给予了精心的指导和帮助。池老师严谨的治学态度，深邃的洞察力，给了我无穷的启迪，使我受益终生；池老师长期以来对我的关心，帮助和教诲，我更是万分感激。

衷心感谢各位同门师兄弟姐妹，感谢我们一起度过的苦难岁月。在此，特别感谢我的朋友邱佳欢，师妹金娜丽博士生，黄哲硕士生，尹娜拉硕士生对我学习，生活的关心和帮助。我能做到所有的事情，是因为他们在我身边。

衷心感谢韩国光州朝鲜大学汉语文化学系的七位教授给予的关心和支持。

衷心感谢我的哥哥和嫂子对我学业的支持和鼓励。

衷心感谢我丈夫张容溢和儿子张柔健。

最后，谨以此文献给我挚爱的父母(林允洙先生和郑明淑女士)，他们在背后的默默支持是我前进的动力。我祝愿父母可以健康长寿，希望能够通过自己的努力取得一点成绩，让他们可以拥有幸福的晚年。在未来的日子里，我会更加努力的学习和工作，不辜负父母对我的殷殷期望。我一定会好好孝敬和报答他们！

임지영(林志永)

1982年5月出生，女，韩国光州广域市人。本科毕业于朝鲜大学(韩国)和复旦大学，硕士毕业于浙江大学汉语国际教育专业。
现为浙江大学语言学及应用语言学专业博士研究生。

韩语状语与汉语“得”字情态补语和程度补语的对应及关联分析

초판 1쇄 발행 _ 2020년 2월 13일

저　자 · 임 지 영
발행인 · 정 현 걸
발　행 · 신 아 사
인　쇄 · 대명프린팅
주　소 · 서울특별시 은평구 통일로 59길 4 (2층)
전　화 · (02) 382-6411　팩스 · (02) 382-6401
홈페이지 · www.shinasa.co.kr
E-mail · shinasa@daum.net
출판등록 · 1956년 1월 5일 (제 9-52호)

ISBN 978-89-8396-382-6 (93720)
저자와의 협의로 인지를 생략합니다.

정가 15,000 원